बेस्टसेलर पुस्तक '**विचार नियम**' के रचनाकार
सरश्री

इच्छाशक्ति
विल पावर
का
चमत्कार

जब चाहे तू कर इरादे, जब चाहे आत्मसंयम पा ले

इच्छाशक्ति

विल पावर का चमत्कार
Miracle of Will Power

by **Sirshree** Tejparkhi

प्रथम आवृत्ति : जून 2019

प्रकाशक : वॉव पब्लिशिंग्ज् प्रा. लि., पुणे

ISBN : 978-93-87696-80-8

© Tejgyan Global Foundation
All Rights Reserved 2019.
Tejgyan Global Foundation is a charitable organization
with its headquarters in Pune, India.

© सर्वाधिकार सुरक्षित

वॉव पब्लिशिंग्ज् प्रा. लि. द्वारा प्रकाशित यह पुस्तक इस शर्त पर विक्रय की जा रही है कि प्रकाशक की लिखित पूर्वानुमति के बिना इसे व्यावसायिक अथवा अन्य किसी भी रूप में उपयोग नहीं किया जा सकता। इसे पुनः प्रकाशित कर बेचा या किराए पर नहीं दिया जा सकता तथा जिल्दबंद या खुले किसी भी अन्य रूप में पाठकों के मध्य इसका परिचालन नहीं किया जा सकता। ये सभी शर्तें पुस्तक के खरीददार पर भी लागू होंगी। इस संदर्भ में सभी प्रकाशनाधिकार सुरक्षित हैं। इस पुस्तक का आंशिक रूप में पुनः प्रकाशन या पुनः प्रकाशनार्थ अपने रिकॉर्ड में सुरक्षित रखने, इसे पुनः प्रस्तुत करने की प्रति अपनाने, इसका अनूदित रूप तैयार करने अथवा इलेक्ट्रॉनिक, मैकेनिकल, फोटोकॉपी और रिकॉर्डिंग आदि किसी भी पद्धति से इसका उपयोग करने हेतु समस्त प्रकाशनाधिकार रखनेवाले अधिकारी तथा पुस्तक के प्रकाशक की पूर्वानुमति लेना अनिवार्य है।

Icchashakti
Will Power Ka Chamatkar
Miracle of Will Power

- विषय सूची -

प्रस्तावना	जब चाहे इच्छाशक्ति, जब चाहे आत्मसंयम	5
खंड 1	आत्मसंयम	9
भाग 1	इंद्रियों को कैसे नियंत्रित करें	9
	'ना' की मुद्रा अपनाएँ	
भाग 2	छोटी-छोटी इच्छाओं पर संयम	13
	पूर्ति विलंब गुण अपनाएँ	
भाग 3	भावनात्मक प्रतिक्रिया पर रोक	17
	इच्छाशक्ति की शक्ति द्वारा	
भाग 4	गलत आदतों और व्यसनों से मुक्ति	21
	'ना' कहना सीखें	
भाग 5	खान-पान पर संयम	25
	गुण-गुम टेक्नीक	
भाग 6	क्रोध पर कंट्रोल	29
	विलंब प्रतिक्रिया ध्यान	
खंड 2	इच्छाशक्ति	3
भाग 7	दृढ़ इच्छाशक्ति	33
	सफलता की कुंजी	

भाग 8	आलस्य की आदत तोड़ें...	37
	बहाने देने से बचें	
भाग 9	कमज़ोर इच्छाशक्ति..	41
	लक्ष्य के साथ चुनौती	
भाग 10	जीने की इच्छाशक्ति बढ़ाएँ.......................................	44
	सकारात्मकता लाएँ	
भाग 11	इच्छाशक्ति बढ़ाने के लिए.......................................	48
	चार तरकीबों का उपयोग करें	

नोट : इस पुस्तक में हर भाग के अंत में मनन चार्ट दिया गया है, जिसे आप अपनी दिनचर्या या आदतें अनुसार भर सकते हैं। यह मनन चार्ट आपको आत्मनिरीक्षण कर, सही निर्णय लेने में सहायक सिद्ध होगा।

प्रस्तावना

जब चाहे इच्छाशक्ति, जब चाहे आत्मसंयम

इंसान इच्छाओं से भरा या इच्छाओं का निर्माता है। कभी बाहर की घटनाओं, दृश्यों को देखकर तो कभी अपने आस-पास के लोगों को देखकर उसके अंदर इच्छाएँ जन्म लेती हैं। किंतु उसकी सारी इच्छाएँ पूर्ण नहीं होतीं। केवल वे ही इच्छाएँ पूर्ण होती हैं, जिनमें उसका आंतरिक बल जुड़ता है। यही ताकत तो 'इच्छाशक्ति' कहलाती है। यही ताकत आंतरिक शक्ति है।

बिना आंतरिक शक्ति के इंसान कई बार चाहते हुए भी कई महत्वपूर्ण कार्य नहीं कर पाता। जैसे ज़्यादा पढ़ाई करना, सुबह जल्दी उठना, ज़ुबान पर लगाम रखना, अपने शरीर के वजन को आदर्श वजन में रखना, अपना लक्ष्य हासिल करना आदि। अत: ये सब करने के लिए उसे अपनी इच्छाशक्ति को बढ़ाना चाहिए तब जाकर वह अपने सपने को सच कर पाएगा।

देखा जाए तो केवल कोई कार्य पूर्ण करने के लिए ही नहीं बल्कि इंसान को अनावश्यक चाहतों को नियंत्रित करने के लिए भी 'इच्छाशक्ति' की ज़रूरत पड़ती है। जिसमें उसे आत्मसंयम रखना पड़ता है। जैसे क्रोध, इंद्रियों, भावनाओं, गलत आदतों या व्यसनों पर। अर्थात अपने अंदर संयम लाने के लिए भी उसे आंतरिक बल की ज़रूरत होती है।

आइए, इसे और गहराई से एक उदाहरण द्वारा समझें कि कैसे हम जब चाहे इच्छाशक्ति बढ़ा सकते हैं और जब चाहे संयम रख सकते हैं।

एक क्लास में ऐसे दो विद्यार्थी थे, जो पढ़ाई में होशियार मगर खेल-कूद में पीछे थे। एक दिन टीचर ने आकर खबर दी कि जो भी इस साल खेल में अव्वल आएगा, उसे बड़ा पुरस्कार दिया जाएगा। होशियार विद्यार्थी खेल-कूद में भी अपनी जगह बनाना चाहता था। इसलिए उसने खेल में हिस्सा लिया। मगर खेल के अभ्यास के दौरान दोनों के मन में अलग-अलग विचार उठने लगे।

एक विद्यार्थी सोचने लगा, 'अगर मैं इस प्रतियोगिता में जीत गया तो मुझे कितनी खुशी होगी... मैं पढ़ाई के साथ-साथ खेल-कूद में भी निपुण हो जाऊँगा... साथ ही मेरे मम्मी-पापा को मुझ पर कितना गर्व महसूस होगा... ' इत्यादि। वह जैसे-जैसे अपनी इच्छाओं के पूर्ण होने के बारे में सोचने लगा, वैसे-वैसे उसकी इच्छा प्रबल होती गई और उसका खेल में अव्वल आने का इरादा पक्का होते गया।

वहीं दूसरी ओर दूसरे विद्यार्थी के अंदर इसके विपरीत विचार चलने लगे। जैसे- 'मैं अगर हार गया तो लोग क्या कहेंगे... मेरे साथ-साथ मेरे घरवाले भी निराश हो जाएँगे... मेरा आत्मविश्वास खो जाएगा...' आदि। इस तरह की कल्पना से दूसरे विद्यार्थी की खेलने की इच्छा कमज़ोर पड़ने लगी। जिसका परिणाम यह हुआ कि उसने पलायन करने की ठान ली और प्रतियोगिता से अपना नाम हटवा दिया।

इस उदाहरण से समझें कि कैसे विचारों द्वारा एक विद्यार्थी की खेल में भाग लेने की तो दूसरे की भाग न लेने की इच्छा पर प्रभाव पड़ा। इंसान को भी अपने जीवन में सही मायनों में इच्छाशक्ति का इस्तेमाल करते आना चाहिए।

जहाँ पर भी इंसान को लगे कि जीवन में कुछ पाना है, जैसे कोई लक्ष्य, सफलता,

स्वास्थ्य, कला या गुण तब उसे अपने विचारों द्वारा इच्छाशक्ति को बढ़ाना चाहिए। जिसके लिए उसे यह विचार रखने चाहिए कि वह इच्छा पूरी होने से क्या-क्या लाभ होंगे, उसे कितनी खुशी मिलेगी, कैसे लोग उसका सम्मान करेंगे... आदि। इससे उसकी इच्छा को बल मिलेगा और वह उसे पूर्ण करने में लग जाएगा।

उसी तरह जब भी इंसान को लगे कि उसे गलत आदतों, व्यसनों से छुटकारा पाना चाहिए तब उसे अपने विचारों को वैसी दिशा देनी चाहिए। अर्थात तब उसे व्यसनों से होनेवाले दुष्परिणामों के बारे में सोचना चाहिए। जैसे वह बीमार पड़ जाएगा, उसे और उसके घरवालों को तकलीफ होगी, डॉक्टर का खर्चा अधिक बढ़ने लगेगा... पैसों का दुरुपयोग होगा, लोग इसका मज़ाक बनाएँगे... आदि। जब इस तरह से इंसान अपने मनन और कल्पना शक्ति से इन बातों की सच्चाई देख पाएगा तब वह आत्मसंयम रख पाएगा। अपनी इच्छाशक्ति को योग्य दिशा देकर मनचाहा परिणाम प्राप्त कर पाएगा।

दृढ़ इच्छाशक्ति के कारण ही हम जो कहते हैं, वह कर पाते हैं। कमज़ोर इच्छाशक्ति के कारण हम डींगे तो कुछ भी मार लेते हैं पर उसे पूरा नहीं कर पाते। हमारी कथनी और करनी में कोई अंतर न हो इसलिए हम जो कहें, उसे करके दिखाएँ। जिससे हम खुद को मानसिक रूप से भी मज़बूत और विश्वसनीय बना सकते हैं।

कमज़ोर इच्छाशक्ति के कारण इंसान स्वयं अपनी नज़रों में सम्मान का पात्र नहीं रहता। इसलिए खुद को अपनी नज़रों में सम्मानित करने के लिए अपनी इच्छाशक्ति को दृढ़ बनाएँ।

इस पुस्तक में हम अपनी इच्छाशक्ति को दिशा देना सीखेंगे। जो इसका उपयोग बेहतरीन ढंग से कर पाएगा, वह खुद को मानसिक रूप से इतना मज़बूत बना पाएगा कि किसी भी तरह की चिंताएँ एवं चुनौतियाँ उसे नियंत्रित नहीं कर पाएँगी और वह जो बनना चाहता है बन पाएगा या वह जो है उसमें स्थिर रह पाएगा। आखिर इच्छा तो आपकी ही है!

...सरश्री

खण्ड 1 - आत्मसंयम

भाग
1

इंद्रियों को कैसे नियंत्रित करें

'ना' की मुद्रा अपनाएँ

एक दिन दो मित्र किसी गाँव में टहल रहे थे। रास्ते में उन्हें एक ग्वाला, गाय को रस्सी से बाँधकर लेकर जाते हुए दिखाई दिया। इस दृश्य को देखकर पहले मित्र ने दूसरे से सवाल पूछा, 'बताओ, यह गाय ग्वाले से बँधी हुई है या ग्वाला गाय से बँधा हुआ है?'

दूसरे मित्र ने हँसते हुए कहा, 'कैसी मूर्खोंवाली बात कर रहे हो, क्या ग्वाला कभी गाय से बँधा होता है? गाय के गले में रस्सी बँधी हुई है और ग्वाले ने उस रस्सी को पकड़ा हुआ है।' पहले मित्र ने फिर से सवाल पूछा, 'गाय यदि रस्सी छुड़ाकर भाग जाए तो ग्वाला क्या करेगा?' इस पर दूसरे मित्र ने कहा, 'गाय को पकड़ने के लिए वह उसके पीछे भागेगा।' उस पर पहले मित्र ने प्रतिप्रश्न किया, 'और अगर ग्वाला भाग जाए तो गाय क्या करेगी?'

दूसरे मित्र ने झट से कहा, 'फिर तो गाय भी भाग जाएगी न!' तब पहले मित्र ने भेद खोला, 'अब बताओ असल में बँधा हुआ कौन है?' यह सुन दूसरा मित्र खामोश हो गया और सोच में पड़ गया कि 'वाकई ऐसा ही है, हमें भ्रम होता है गाय बँधी हुई है। जबकि असलियत में ग्वाला गाय से बँधा हुआ है।'

इंसान जब गहरा मनन करता है तब उसे वास्तव और भ्रम में फर्क समझ में आता है।

जिस तरह ग्वाला गाय से बँधा हुआ है... गाय नहीं, उसी तरह यह भी समझें कि इंसान अपने मन और इंद्रियों से बँधा हुआ है। हालाँकि वह इसी भ्रम में रहता है कि वह उन्हें नियंत्रित कर रहा है। जबकि ऐसा नहीं है क्योंकि इंद्रियाँ उसे अपनी चाहत पूरी करवाने के लिए खींचती रहती हैं। अर्थात इंद्रियों की माँगें इंसान को नियंत्रित करती रहती हैं।

इंसान की इंद्रियाँ संतुष्टि चाहती हैं। जब तक उसके शरीर का अंत नहीं हो जाता तब तक वह तुष्टि (इंद्रियों की लालसा) में फँसा रहता है। उसकी इंद्रियों की कार्यक्षमता बुढ़ापे में कम हो जाती है। जैसे– सुनाई और दिखाई कम देना, ज़ुबान पर स्वाद न आना, याददाश्त कमज़ोर होना... आदि। मगर तब तक इंद्रियाँ अपनी लालसाएँ पूरी करने में लगी रहती हैं... उसके बाद भी मन अपना काम करते रहना चाहता है। इस अति लालसा से मुक्ति प्राप्त करना, इंसान का लक्ष्य है। जिसके लिए महत्वपूर्ण है, अपनी इच्छाशक्ति से इंद्रियों को प्रशिक्षित करना।

इसे ऐसे समझें जैसे कोई विद्यार्थी परिक्षा हॉल में अपना पेपर लिखने बैठे और उसका पेन कुछ भी लिखने से मना कर दे। ऐसे में विद्यार्थी को सारे जवाब याद होते हुए भी वह कुछ लिख नहीं पाएगा। परिणामस्वरूप वह फेल हो जाएगा।

वैसे ही ज्ञान होने के बावजूद अगर इंसान का मन और इंद्रियाँ प्रशिक्षित नहीं हैं, उसमें आत्मसंयम नहीं है तो वह जीवन में संपूर्ण सफलता प्राप्त नहीं कर पाएगा।

सफल जीवन जीने और बेहतरीन कार्य करने के लिए इंसान को प्रशिक्षित इंद्रियों की ज़रूरत होती है। जैसे कुछ लोग व्यायाम का प्रशिक्षण लेकर किसी भी आसन में आसानी से बैठ सकते हैं। लंबे समय तक शरीर को स्वस्थ रख सकते हैं, उसी तरह प्रशिक्षित इंद्रियों द्वारा किए गए कार्य सकारात्मक परिणाम देते हैं। वरना इंसान इंद्रिय सुख में ज़रूरत से ज़्यादा अटककर, असफल हो जाता है।

इंद्रियों की अति लालसा से बाहर आने के लिए आइए, इस उपाय को समझते हैं :

एक मुद्रा बनाएँ। अपने दोनों हाथों को अपने कंधे की तरफ पीछे ले जाएँ। जैसे आप किसी को 'ना' कहने के लिए हाथ पीछे लेते हैं, ठीक उसी तरह (मुद्रा का चित्र देखें)। यह 'तुष्टि से मुक्ति' पाने की मुद्रा है। अपनी इच्छाशक्ति को बढ़ाकर आत्मसंयम पाने के लिए इस मुद्रा को अपनाएँ।

आपको जहाँ-जहाँ इंद्रियों में अटकने की संभावना दिखाई दे, वहाँ अपने दोनों हाथ पीछे लेकर कहें, **'मैं इसमें नहीं हूँ, मुझे इसमें अटकना नहीं है... '**। यह मुद्रा आपके लिए ऐंकर (anchor) का कार्य करेगी। ऐंकर यानी मस्तिष्क को नया संदेश देना। जब मस्तिष्क में कोई बात बैठ जाती है तब शरीर और मन उसके आदेश अनुसार प्रतिक्रिया करते हैं।

जैसे- जब प्रार्थना के लिए हाथ जोड़े जाते हैं तब अंदर प्रार्थना का भाव अपने आप उभरकर आता है। इस समय भी यदि आप पुस्तक नीचे रखकर, हाथ जोड़कर कुछ क्षण आँखें बंद करेंगे तो प्रार्थना और समर्पण की भावना अपने आप उभरकर आएगी। ऐसा इसलिए होता है क्योंकि इंसान के मस्तिष्क में हाथ जोड़ना और प्रार्थना का तालमेल बचपन से ही बन चुका है।

अत: इंसान के मस्तिष्क में जिस मुद्रा का भाव बैठ जाता है, वैसी ही भावना निर्माण होती है। इसलिए 'ना' कहने की मुद्रा के साथ भी मस्तिष्क में तालमेल बिठाना है ताकि जब आप मुद्रा बनाएँ तब मस्तिष्क को यह संदेश मिले कि हमें इंद्रियों की लालसा में नहीं फँसना है। जिससे आप आसानी से तुष्टि से मुक्त हो पाएँ।

इस मुद्रा का प्रयोग पहले छोटी-छोटी बातों में करें और कई बार करें। जैसे- जब खाना खाते वक्त ज़ुबान कहे, 'ज़्यादा खाऊँ' तब दोनों हाथ पीछे करके खुद को कहे, 'ना'। हालाँकि इंद्रियाँ पुरानी आदत के अनुसार अपनी लालसा पूरी करवाना चाहेंगी। फिर भी याद रहे आपका लक्ष्य उसे प्रशिक्षण देना है। इसलिए जब आँख गलत दृश्य

में जाना चाहे तब हाथ पीछे कर लें... जब कान किसी की बुराई सुनना चाहे तब हाथ पीछे करें...।

इस तरह जब भी मन कोई अनावश्यक बातों में फँसाना चाहे तब हाथ पीछे करके मुद्रा का लाभ उठाएँ और आत्मसंयम पाएँ।

मनन चार्ट			
इंद्रियाँ	**इंद्रियों में अटकानेवाली घटना**	**नकारात्मक असर**	**'ना'कहने का सकारात्मक असर**
आँख	ज्यादा मूविज़ देखना	समय पर बाकी कार्य न होना	कार्य समय पर पूर्ण होना
कान	रातभर म्युजिक सुनना	नींद पूरी न होना दिनभर थकावट	फ्रेश रहना
ज़ुबान			
नाक			
त्वचा			

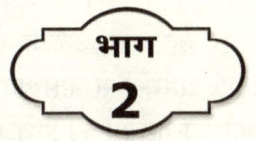

भाग
2

छोटी-छोटी इच्छाओं पर संयम

पूर्ति विलंब गुण अपनाएँ

यह एक प्रसिद्ध प्रयोग है, जिसके बारे में आपने सुना या पढ़ा होगा। विदेश में सात से नौ साल के कुछ बच्चों पर एक प्रयोग किया गया। उनके सामने उनका पसंदीदा मार्शमेलो (एक प्रकार का मीठा पदार्थ) रखा गया। शुरुआत में मार्शमेलो के दो टुकड़े उनके सामने रखकर उन्हें बताया गया कि 'आप इसे अभी खाएँगे तो आपको एक ही मिलेगा मगर बीस मिनट बाद खाएँगे तो दो मिलेंगे।'

इसके जवाब में बच्चों के तीन तरह के प्रतिसाद आए । जिसके अनुसार उनके तीन ग्रुप बनाए गए। पहले ग्रुप ने कहा, 'हमें मार्शमेलो तुरंत चाहिए, हम रुक नहीं सकते' और उन्होंने वह तुरंत खा लिया।

दूसरे ग्रुप ने कहा, 'हम बीस मिनट रुकेंगे।' उन्होंने बीस मिनट के दौरान मार्शमेलो को हाथ लगाया, उसकी खुशबू ली, आँखों से उसके हर कोने को देखकर खुद को कंट्रोल में रखा। इस तरह उन्होंने बीस मिनट व्यतीत किए।

तीसरे ग्रुप ने बीस मिनट तक अपना ध्यान मार्शमेलो से हटा दिया। उन्होंने अपना समय ध्यान हटाकर बिताया, जिस वजह से उनके बीस मिनट बीत गए।

तीनों ग्रुप के बच्चों का जीवन बहुत सालों के बाद देखा गया। तुरंत खाने में रुचि रखनेवाले बच्चों में से कई बच्चे ऐसे निकले, जो अपने जीवन में उतने मैच्युअर्ड और

कामयाब नहीं हो पाए, जितने बीस मिनट रुके हुए बच्चों में सफलता और मैच्युरिटी दिखाई दी।

बच्चों पर किए गए प्रयोग से यह निष्कर्ष निकाला गया कि दूसरे और तीसरे ग्रुप के बच्चे, जिन्होंने पूर्ति विलंब गुण अपनाया, अर्थात जो अपने आपको रोक पाए, वे जीवन में बड़ी से बड़ी सफलताएँ आसानी से प्राप्त कर पाएँ। अतः बच्चों को बचपन से ही अपनी इच्छाशक्ति बढ़ाकर आत्मसंयम का प्रशिक्षण दिया जाना चाहिए ताकि वे जीवन में सहजता से आगे बढ़ पाएँ। वरना आज के युग में इंसान पहले ग्रुप के बच्चों की भाँति निर्णय लेता है।

आज का युग तत्काल परिणाम की चाह रखनेवाला है। ऐसे में नई-नई टेक्नॉलॉजी कहीं न कहीं इंसान का धीरज समाप्त करते जा रही है। वह अपने जीवन में हर चीज़ की पूर्ति तुरंत चाहता है। उसे लगता है जैसे ही उसे कुछ करने की, खाने की या घूमने जाने की इच्छा जगी तो वह तुरंत पूरी होनी चाहिए। साथ ही आज के युग में विज्ञापनों के द्वारा भी यही दर्शाया जाता है। 'हर चीज़ तुरंत प्राप्त करनी चाहिए और यह उपलब्ध करवाने के लिए हमें संपर्क करें... हम जल्द से जल्द आपके घर तक उसे पहुँचा देंगे', ऐसे विज्ञापन आपने सुने या देखे होंगे।

उदाहरण के तौर पर विज्ञापन में बताया जाता है कि 'अगर आपको पिज्जा खाने की चाहत है तो बस बीस मिनट में पिज्जा आप तक पहुँच जाएगा। यदि देर हुई तो उसके पैसे नहीं लिए जाएँगे।' इस तरह विज्ञापन हमेशा पहले चीज़ों की पूर्ति करवाने की बात करता है और पैसों के बारे में बाद में सोचने के लिए कहता है। उसके लिए भीड़ में खड़े रहने की भी आवश्यकता नहीं है। इंसान के मन में इच्छा जगते ही उसे पूरी करने के लिए कंपनियाँ तैयार रहती हैं। जिस कारण उसके अंदर से 'पूर्ति विलंब (सब्र रखने) का गुण' लुप्त होते जा रहा है।

पूर्ति विलंब का अर्थ है– **'किसी भी इच्छा की पूर्ति करने से पहले थोड़ा रुकना, थोड़ा समय विलंब करते हुए, उसे पूरा करना।'**

जैसे किसी नौजवान को कहा जाए कि 'आज फोन आने के बाद और फोन करने से पहले कुछ समय रुकना है' या 'मोबाइल में कुछ गेम्स खेलने और गाना सुनने से पहले रुकना है' तो उसे लगता है, 'मैं मोबाइल इस्तेमाल करने के सुख से वंचित हो रहा हूँ... जबकि मोबाइल तो आज की ज़रूरत है।'

यहाँ समझनेवाली बात यह है कि उस नौजवान को मोबाइल इस्तेमाल करने से नहीं रोका जा रहा है। बस कुछ समय बाद इस्तेमाल करने के लिए कहा जा रहा है। क्योंकि जब वह कुछ समय रुकेगा तब ही पूर्ति विलंब का गुण उसकी इच्छाशक्ति बढ़ाकर, उसमें आत्मसंयम लाएगा। जो उसे रोज़मर्रा की समस्याओं को भी सुलझाने में कारगर सिद्ध होगा।

इस गुण को अपने अंदर लाने के लिए इसका प्रयोग हर दिन की घटनाओं में करते रहना चाहिए। जैसे यदि आप खाना खाने बैठे हैं तो पहले थोड़ी देर रुकें, फिर खाएँ या किसी का फोन उठाने से पहले ३-४ रिंग होने के बाद उठाएँ। वैसे ही किसी का एस.एम.एस., वॉट्स ॲप पर कुछ मैसेज या वीडियो देखना है तो थोड़ा विलंब करके देखें या कुछ समय बाद डाऊनलोड करें।

इस तरह सामान्य ज्ञान का इस्तेमाल करते हुए, जहाँ-जहाँ मुमकिन है, वहाँ थोड़ा रुकें और फिर उस कार्य को पूर्ण करें। यह तकनीक संयम द्वारा इच्छाशक्ति को बढ़ाने में मददगार साबित होगी।

यदि किसी बात में आपको रुकने में दिक्कत हो रही है तो उस समय में एक छोटा सा कार्य कर लें। वह छोटा सा कार्य पानी पीने का हो सकता है... किसी को ई-मेल करने का हो सकता है... एक छोटा सा व्यायाम किया जा सकता है या कोई वस्तु अपनी जगह पर रखने का भी हो सकता है।

इस तरह छोटी-छोटी घटनाओं में पूर्ति विलंब का अभ्यास बढ़ाते जाएँ। सुख-सुविधाओं में तुरंत जाने की बजाय कुछ क्षण रुकें। फिर उसका लाभ अपनी इच्छाशक्ति बढ़ाकर पाएँ।

मनन चार्ट			
क्रं.	**कौन सी इच्छाएँ पूरी करने की जल्दी रहती है**	**कितना विलंब कर सकते हैं**	**विलंब से क्या लाभ हो सकते हैं**
१.	नया मोबाइल खरीदने की इच्छा	१ महीना	पैसे बचना/ ज़रूरत पर खर्च करना
२.			
३.			
४.			
५			
६			
७			
८			

इस मनन चार्ट में आप अपने लिए अन्य उदाहरण दर्ज कर सकते हैं।

भाग
3

भावनात्मक प्रतिक्रिया पर रोक

इच्छाशक्ति की शक्ति द्वारा

यह एक प्रसिद्ध लोककथा है। एक गाँव में एक ब्राह्मण और ब्राह्मणी रहते थे। उनकी अपनी कोई औलाद नहीं थी, इस वजह से ब्राह्मणी हमेशा दुःखी रहती थी। ब्राह्मणी का मन बहलाने के लिए एक दिन ब्राह्मण नेवले के छोटे से बच्चे को ले आया। धीरे-धीरे ब्राह्मणी उस नेवले के साथ खुश रहने लगी।

समय बितते गया और ब्राह्मणी गर्भवती हुई। फिर उसने एक बच्चे को जन्म दिया। अपना बच्चा होने की वजह से धीरे-धीरे वह नेवले को नज़रअंदाज करने लगी।

एक दिन बच्चे को पालने में खेलता छोड़, ब्राह्मणी किसी कार्य से बाहर गई। उसी वक्त घर में एक साँप ने प्रवेश किया। वह बच्चे के करीब जा ही रहा था कि नेवले ने उसे देख लिया। नेवले ने साँप से युद्ध कर, उसे मार डाला। वह बहुत खुश हुआ कि उसने बच्चे की जान बचाई और ब्राह्मणी आकर उसे शाबाशी देगी, उसकी कद्र करेगी। वह खुशी से घर के बाहर आकर ब्राह्मणी के आने का इंतजार करने लगा।

जब ब्राह्मणी घर की तरफ आ रही थी तब दूर से ही उसे नेवले का मुँह रक्त से भरा हुआ दिखाई दिया। वह घबरा गई और उसे लगा कि नेवले ने उसके बेटे को मार डाला। अतः क्रोध में आकर उसने नेवले को एक बड़े से पत्थर से कुचल

डाला और तेजी से घर में प्रवेश किया।

जब वह अंदर कमरे में पहुँची तो उसने बच्चे को सुरक्षित देखा और पास में साँप को मरा हुआ पाया। पूरी हकीकत समझ में आने के बाद उसे बड़ा पछतावा हुआ। जिस नेवले ने उसके बच्चे की जान बचाई, उसी को उसने मार डाला। इस अपराधबोध में वह जीवनभर जीती रही।

कहानी में नेवले के मुँह पर रक्त देखकर ब्राह्मणी ने एक गलत कथा बनाई। भावुक होकर वह अपने आपको तुरंत प्रतिक्रिया करने से रोक न पाई। परिणामस्वरुप बिना सच जाने नेवले को मार दिया। अगर वह आत्मसंयम रखकर थोड़ा रुकती, घटना का पूर्ण अवलोकन करती तो जीवनभर उसे पछताना न पड़ता।

इंसान भी अपने जीवन में कई घटनाओं में अपना आत्मसंयम खोकर, गलत प्रतिसाद दे बैठता है। जिस कारण उसे जीवनभर अपराधबोध का शिकार होना पड़ता है।

जैसे कई परिवारों में, सगे-संबंधियों और रिश्तेदारों में अकसर यह देखा जाता है कि कुछ छोटे-मोटे मनमुटाव चलते रहते हैं, जो एक दिन बड़ा रूप ले लेते हैं। पहले से बनी हुई कथा के कारण इंसान अपना संयम खो देता है और जीवनभर अपराधबोध की भावना में दुःखी रहता है।

आत्मसंयम खोने का एक कारण यह भी है कि इंसान अपनी भावनाओं में फँस जाता और उन्हें नियंत्रित करने में उसकी इच्छाशक्ति कमज़ोर पड़ जाती है। जिस वजह से वह इन भावनाओं को या तो उगलता है या निगलता है। आइए, इसे विस्तार से समझते हैं।

जैसे जब भी कोई नकारात्मक घटना घटती है या कोई कुछ कह देता है तब अधिकांश लोग अपनी भावना को उगलते हैं। वे अपना संयम खोकर तुरंत सामनेवाले पर अपशब्द या गाली-गलौच करने लगते हैं।

उसी तरह जीवन में कुछ ऐसे भी लोग होते हैं, जो अपनी भावनाओं को अंदर दबाकर, इतना निगलते हैं कि किसी को कुछ कहना उनके लिए मुश्किल हो जाता है। वे अंदर ही अंदर उस भावना के साथ घुटते रहते हैं।

इसलिए हमें न तो भावनाओं को उगलना है और न ही निगलना है। इसके विपरीत अपनी इच्छाशक्ति का उपयोग कर, प्रतिक्रिया पर संयम रखना है। इस तरह का प्रतिसाद हमें भावनात्मक परिपक्व बनने में मदद करेगा। जिसके लिए हम, 'जब-तब' तकनीक

का इस्तेमाल कर सकते हैं।

भावनात्मक हमले में जब अलग-अलग तरह की भावनाएँ ऊपर आती हैं, जैसे क्रोध, द्वेष, लोभ, मद, मत्सर, बदले की भावना आदि तब इस तकनीक का इस्तेमाल करना है।

'जब-तब', तकनीक कहती है कि इंसान ने भावनाओं का हमला होने के काफी समय पहले ही कुछ मनन कर लेना चाहिए।

जैसे- 'जब' गुस्सा✱ आए 'तब' मैं क्या करूँगा? अपने शरीर पर गुस्से की भावना को साक्षी भाव से कुछ देर देखूँगा... १ से १०० अंकों की उलटी गिनती गिनूँगा... ठंडा पानी पिऊँगा... लंबी-लंबी मगर धीरे-धीरे दो-तीन साँसें लूँगा... खुद को याद दिलाऊँगा कि सामनेवाले के गलती की सजा अपने आपको नहीं दूँगा इत्यादि।

'जब' भी किसी पर व्यंग करने या अपशब्द बोलने का विचार आए 'तब' हँसकर उस बात को टाल दूँगा... उस माहौल से बाहर निकलूँगा... या सामनेवाले का अच्छा गुण याद करूँगा इत्यादि।

'जब' भी किसी के प्रति नफरत, द्वेष या बदला लेने की भावना जगे 'तब' दूसरे काम में ध्यान लगाऊँगा... उस भावना का अवलोकन करूँगा इत्यादि।

इस तरह **'जब-तब'** तकनीक अलग-अलग परिस्थिति में उपयोग में लाई जा सकती है। लालच जगे, बोरियत महसूस हो या अन्य कोई भी नकारात्मक भावना हावी हो तो उसकी सूची बनाकर रखी जा सकती है। जब भावनाएँ उभरकर आएँ तब उस सूची में से कुछ याद आने की संभावना बढ़ जाती है।

इस तकनीक से सजगता बढ़ेगी। जीवन में जहाँ भी आप नकारात्मक प्रतिसाद देते हैं, वहाँ 'जब-तब' के उपयोग से खुद पर संयम रख पाना आसान हो जाएगा। साथ ही आपका आत्मविश्वास बढ़ेगा, जो आपकी इच्छाशक्ति में वृद्धि लाएगा।

✱क्रोध इस विषय को अधिक विस्तार से जानने के लिए पढ़ें भाग 6 ।

मनन चार्ट		
भावनाएँ	कब उठती हैं	तब क्या करेंगे
क्रोध	चाय समय पर न मिलना	साँस पर ध्यान या मन ही मन चाय का स्वाद लेकर, खुशी से इंतजार करना
लोभ		
लालच		
डर		
चिंता		
अन्य		

भाग 4

गलत आदतों और व्यसनों से मुक्ति

'ना' कहना सीखें

एक समय की बात है। हरीश नामक इंसान को रोज़ जुआ खेलने की बुरी आदत लग गई थी। उसकी इस आदत से उसके घर के सभी लोग बड़े परेशान रहते। वे उसे समझाने की बहुत कोशिश करते लेकिन हरीश हर किसी को एक ही जवाब देता, 'मैंने यह आदत नहीं पकड़ी है बल्कि इसने मुझे पकड़कर रखा है।' सचमुच वह इस आदत को छोड़ना चाहता था। मगर कई कोशिशों के बावजूद वह ऐसा नहीं कर पा रहा था।

परिवारवालों ने सोचा, शायद हरीश की शादी करवा देने से वह यह आदत छोड़ दे। इसलिए उसकी शादी करावा दी। उसके पत्नी का नाम आशा था। कुछ दिनों तक सब ठीक-ठाक चला लेकिन कुछ महीनों बाद वह फिर से जुआ खेलने जाने लगा। उस आदत के कारण आशा भी अब काफी चिंतित रहने लगी। उसने निश्चय किया कि वह किसी न किसी तरह से अपने पति की इस आदत को छुड़वाकर ही दम लेगी।

एक दिन आशा को किसी सिद्ध साधु-महात्मा के बारे में पता चला। वह हरीश को लेकर उनके आश्रम में जा पहुँची।

आशा ने दुःखपूर्वक सारी बातें साधु-महाराज को बताई।

उनकी बातें सुनकर साधु-महाराज समस्या की जड़ समझ चुके थे और समाधान

देने के लिए उन्होंने आशा एवं हरीश को अगले दिन आने के लिए कहा।

अगले दिन वे दोनों आश्रम में जा पहुँचे तब उन्होंने देखा कि साधु-महाराज एक पेड़ को पकड़कर खड़े हैं।

उन्होंने साधु से पूछा, 'आप यह क्या कर रहे हैं? और पेड़ को इस तरह क्यों पकड़े हुए हैं?

साधु ने कहा, 'आप लोग आज जाइए और कल आइएगा।'

दूसरे दिन आशा और हरीश आश्रम में पहुँचे तो उन्होंने देखा कि फिर से साधु पेड़ पकड़कर खड़े हैं।

हरीश ने पूछा, 'महाराज आप यह क्या कर रहे हैं?'

साधु बोले, 'पेड़ मुझे छोड़ ही नहीं रहा है इसलिए आप कल आना।'

अब हरीश के धैर्य का बाण छूट गया और वह परेशान होते हुए बोला, 'बाबा आप यह क्या कर रहे हैं? इस पेड़ को छोड़ क्यों नहीं देते?'

साधु बोले, 'मैं क्या करूँ बालक यह पेड़ मुझे छोड़ ही नहीं रहा है।

तब हरीश हँसते हुए बोला, 'महाराज, आप पेड़ को पकड़े हुए हैं, पेड़ आपको नहीं, आप जब चाहे उसे छोड़ सकते हैं।

साधु-महाराज गंभीर होते हुए बोले, 'इतने दिनों से मैं भी तुम्हें यही समझाने का प्रयत्न कर रहा हूँ कि तुमने जुआ खेलने की आदत को पकड़ा हुआ है, न कि आदत ने तुम्हें पकड़ा हुआ है। इसलिए तुम इस आदत को जब चाहे छोड़ सकते हो।'

हरीश को अपनी गलती का एहसास हुआ। वह समझ गया कि किसी भी आदत के लिए इंसान खुद ज़िम्मेदार होता है। यदि वह चाहे तो आदत का पूर्ण दर्शन करते हुए, अपनी इच्छाशक्ति के बल पर जब चाहे उसे छोड़ सकता है।

किसी ने ठीक ही कहा है, 'इंसान पहले आदतें बनाता है, बाद में वे ही आदतें इंसान को बनाती हैं।' यह पंक्तियाँ आप सबने कहीं न कहीं सुनी ही होगी। बस! हमें इस पंक्ति को अब अपने जीवन में उतारना है। वरना इंसान आदतों का इतना गुलाम हो जाता है कि कब वे व्यसन बन जाते हैं, उसे पता ही नहीं चलता।

जब हम व्यसन इस शब्द को कहते या सुनते हैं तो हमें सिर्फ शराब... तंबाकू...

सिगरेट... यही याद आता है। जबकि इंसान अन्य कई व्यसनों में उलझा हुआ है।

जैसे दिनभर टी.वी. देखना, दिन में कई बार चाय पीना, फिजूल की शॉपिंग करना, मोबाइल पर गेम खेलना, बार-बार वॉटस्‌अप देखना, चैटिंग करना या किसी न किसी की चुगली करते रहना इत्यादि। इस तरह की आदतों में उलझने को इंसान 'व्यसन' नहीं समझता इसलिए उसे इन्हें छोड़ने का विचार तक नहीं आता।

एक ३५ साल की महिला थी। उसके अंदर स्वास्थ्य को लेकर बहुत सारे डर थे। वह हर छोटी-मोटी बीमारी में दवाई का सहारा लेने लगी। ज़्यादा दवाइयों के सेवन का नुकसान जानते हुए भी वह एक दिन भी बिना दवाई खाए नहीं रह पाती। जिस वजह से उसके शरीर में दवाई की मात्रा कई गुना बढ़ गई। उसकी सेहत और अधिक बिगड़ने लगी। आगे चलकर यही आदत उसकी मौत का कारण बनी।

देखा आपने कैसे एक आदत इंसान के मौत का कारण भी बन सकती है। उस महिला के लिए आत्मसंयम रखना बहुत मुश्किल हो गया था। शरीर में आई हुई थोड़ी सी भी तकलीफ उसका संयम तोड़ देती थी।

आज विश्व में कई जगहों पर डि-एडिक्शन (व्यसन मुक्ति) सेंटर्स का निर्माण हुआ है। जहाँ लोग जाते हैं और ठीक होकर भी आते हैं। लेकिन छोटे-छोटे व्यसनों के लिए आज से ही कार्य शुरू किया जा सकता है।

इंसान में आत्मसंयम बढ़ने के लिए इच्छाशक्ति का जगना बहुत ज़रूरी है। लेकिन उसकी आदतें ऐसी हैं कि इच्छाशक्ति को भी कमज़ोर कर देती हैं। इसलिए उसे आज से ही 'ना' कहने की आदत का निर्माण करना होगा।

जैसे कोई आपको बार-बार चाय पीने के लिए आग्रह करे तो उसे आप चाहकर भी मना नहीं कर पाते। ऐसे में आपको सीधे 'ना' कहने की आदत डालनी होगी। अर्थात जब भी ऐसे मौके आए तो आप तुरंत 'नहीं' कह पाओ। वरना इंसान को 'ना' कहना भी बहुत मुश्किल लगता है। जैसे 'सामनेवाला मेरे बारे में क्या सोचेगा? मैं कैसे ना कहूँ?' इन विचारों से ही वह आत्मसंयम खो देता है। इसलिए उसका 'ना' कहना इतना दमदार हो कि सामनेवाला उसे फिर से आग्रह न कर पाए।

जिन लोगों को 'ना' कहना मुश्किल लगता है, उन्हें हर दिन आईने के सामने खड़े होकर, खुद को १० बार 'ना'... 'नहीं' कहने की प्रैक्टिस करनी चाहिए। फिर धीरे-धीरे घरवालों के साथ, मित्रों के साथ, जहाँ आसानी हो, वहाँ 'ना' कहना शुरू कर दें।

अंततः अपने साथ भी 'ना' कहने की आदत का निर्माण करें। भले ही आपके संग कोई न हो, आप अकेले हों तो भी आप स्वयं पर संयम रख पाएँ। खुद को स्पष्टता से कह पाएँ कि 'मैं यह नहीं करनेवाला हूँ। उसके बदले कुछ अच्छा कार्य करनेवाला हूँ।' इस तरह आप छोटी-छोटी घटनाओं के साथ 'ना' कहने की आदत का अभ्यास शुरू कर, आत्मसंयम बढ़ा सकते हैं। इसके विपरीत आप जो अच्छी आदतें डालना चाहते हैं, उनके लिए 'हाँ' कहना शुरू करें। यह भविष्य में अच्छी आदतें निर्माण करने की तैयारी होगी।

मनन चार्ट		
आदतें जिन्हें 'ना' कहना	आदतें जिन्हें 'हाँ' कहना	आदतें जिन्हें ज़ारी रखना
आलस्य	रोज़ व्यायाम	ज़ल्दी सोना
ज़्यादा चाय पीना	डायरी लिखना	चीज़ें सलीके से रखना

भाग
5

खान-पान पर संयम

गुण - गुम टेक्नीक

एक सेठ था, जो बहुत मोटा था और ज़्यादातर बीमार रहता था। उसके बीमार रहने का कारण यह भी था कि वह खाने-पीने में संयम नहीं रख पाता था। सुबह से शाम तक वह भाँति-भाँति के पकवान खाते रहता। साथ ही दुकान के गल्ले पर बैठे रहने के कारण उसकी हलन-चलन भी कम होती थी।

एक बार सेठ को खाँसी हो गई। वह वैद्य के पास गया और दवा माँगी। वैद्य ने सेठ को दवा देते हुए कहा कि वह कुछ समय तक खट्टी चीज़ें खाना छोड़ दे।

एक सप्ताह के बाद सेठ दोबारा वैद्य के पास गया और बोला कि खाँसी में तो कोई सुधार ही नहीं हुआ। वह तो अब भी पहले जैसी ही है। यह सुनकर वैद्य बोला, 'उस दवा से तुम्हारी खाँसी अब तक ठीक हो जानी चाहिए थी, फिर क्यों नहीं हुई? कहीं तुमने खट्टी या ठंडी चीज़ें तो नहीं खाई थीं?' सेठ ने स्वीकार किया कि वह दही, अचार आदि का बड़ा शौकीन होने के कारण, अपने आप पर संयम नहीं रख पाया।

वैद्य ने कहा, 'अब तुम्हें जो खाना हो, वह खा लो, उससे तीन लाभ होंगे।'

सेठ ने पूछा, 'वे क्या?'

वैद्य बोला, 'पहला लाभ यह कि तुम्हारे घर चोरी नहीं होगी। दूसरा लाभ- तुम्हें

कोई कुत्ता नहीं काटेगा और तीसरा लाभ यह होगा कि तुम्हें बुढ़ापा नहीं आएगा।' सुनकर सेठ ने कहा, 'क्या मज़ाक कर रहे हैं! मैं आपके कहने का मतलब नहीं समझा।'

वैद्य बोला, 'देखो, अगर तुम खट्टी चीज़ें खाते रहोगे तो तुम्हारी खाँसी कभी दूर नहीं होगी और तुम हमेशा खाँसते रहोगे। खाँसी की आवाज़ सुनकर चोर समझेगा कि तुम जाग रहे हो। इसलिए वह घर में घुसकर चोरी नहीं करेगा। दूसरा लाभ कुत्ता नहीं काटेगा क्योंकि जब खाँसी के कारण तुम कमज़ोर हो जाओगे तो तुम्हें चलने-फिरने के लिए छड़ी की ज़रूरत होगी। छड़ी अगर हाथ में रहेगी तो कुत्ते तुम्हारे आस-पास नहीं आएँगे। इसलिए उनके काटने का कोई खतरा नहीं रहेगा। तीसरी बात- बीमारी और कमज़ोरी के कारण तुम ज़ल्दी ही मर जाओगे। इसलिए तुम्हें बुढ़ापे के कष्ट नहीं झेलने पड़ेंगे।'

वैद्य का इशारा समझकर सेठ ने खान-पान में संयम बरतना शुरू कर दिया और कुछ ही समय बाद उसकी खाँसी ठीक हो गई।

उपरोक्त कहानी से यह स्पष्ट होता है कि **दुष्परिणाम का चित्र देख लेने से संयम का बल मिलता है।**

देखा जाए तो खान-पान इंसान के जीवन का एक अहम हिस्सा है। पुराने जमाने में इंसान जीने के लिए और ज़रूरत अनुसार खाना खाता था। किंतु आज के युग में यह उसकी ज़रूरत न रहकर, चाहत बनती जा रही है। आज वह पौष्टिक की बजाय, स्वादिष्ट खाना और विभिन्न प्रकार के व्यंजनों को ज़्यादा महत्त्व दे रहा है।

अकसर आपने लोगों को कहते हुए सुना होगा, 'अरे! तुमने खाने में यह ट्राय किया क्या... इस-इस जगह पर फलाँ डिश बहुत अच्छी मिलती है, कभी तो टेस्ट करके आओ... तुम फलाँ शहर गए और वहाँ की फेमस मिठाई और चाट नहीं खाया तो तुम्हारा वहाँ जाने का क्या फायदा हुआ?' इत्यादि।

इस तरह बाहर का तला हुआ, अस्वच्छ और अस्वास्थ्यकर खाना, शरीर में कई तरह की बीमारियाँ पैदा करता है। आज इंसान खाने को नहीं खा रहा है बल्कि खाना इंसान को खाते जा रहा है। यह बात उसे समझनी होगी और उसने खुद पर संयम रखना सीखना होगा।

जीवन में खाना, होश के साथ खाना चाहिए। इंसान बेहोशी में खाना खाता है इसलिए उसे उस खाने से कभी पूर्ति नहीं मिलती। होश में किया हुआ भोजन उसे याद दिलाता है कि उसके पेट की ज़रूरत कितनी है और उसे कितना खाना चाहिए। वह

स्वास्थ्य प्राप्त करने के लिए खा रहा है या केवल ज़ुबान की संतुष्टी कर रहा है।

फिर भी कभी ज़रूरत से ज़्यादा खाने का मन हो तब आत्मसंयम बनाए रखने के लिए, '**गुण–गुम टेक्नीक**' का इस्तेमाल करें।

यह टेक्नीक आपको खाने के प्रति असंतुष्टि से मुक्ति दिलाने में मदद करेगी। इसके ज़रिए आपको अपनी सेहत में हानिकारक चीजों को गुम करना है। इसलिए इसे '**गुण–गुम टेक्नीक**' कहा गया है। आइए, इसे विस्तार से उदाहरणों द्वारा समझते हैं।

जैसे किसी इंसान को चॉकलेट खाना बहुत पसंद है। चॉकलेट का नाम सुनकर ही उसके मुँह में पानी आ जाता है। उसे देखकर उसका संयम टूट जाता है। उसे चॉकलेट की मिठास, खुशबू आदि याद आती है और वह उसे खाने से आपने आपको रोक नहीं पाता। मगर डायबिटीस होने के कारण वह अपनी यह आदत तोड़ना चाहता है। जिसके लिए उसे यह टेक्नीक मदद कर सकती है।

अब गुण–गुम टेक्नीक का प्रयोग करते हुए, उसे ऐसी कल्पना करनी होगी कि 'चॉकलेट लकड़ी के भूसे से बनाया गया है। इसलिए उसका स्वाद भूसे जैसा लग रहा है। मानो मैं चॉकलेट नहीं बल्कि लकड़ी का भूसा खा रहा हूँ।'

जब इंसान इस तरह की कल्पना करेगा तब यह सोचकर ही उसकी चॉकलेट खाने की इच्छा में कमी आएगी। क्योंकि उसने चॉकलेट के स्वाद को गुम करके, उसे एक अस्वादिष्ट रूप दे दिया। याद रहें, यह कल्पना उसे बार–बार करनी होगी ताकि ब्रेन में वह छप (ऐंकर हो) जाए। जिससे भविष्य में ब्रेन अपने आप उस पर कार्य करने लगे।

इस टेक्नीक का प्रयोग खासकर आप उन खाद्य पदार्थों के लिए कर सकते हैं, जो आपकी सेहत के लिए हानिकारक हैं और आप उन्हें खाने से स्वयं को रोक नहीं पाते। साथ ही अन्य व्यसनों के लिए भी यह टेक्नीक कारगर सिद्ध हो सकती है।

जैसे किसी को सिगरेट पीने की आदत है। उसे पीते ही उसके अंदर रिलैक्स होने का भाव आता है। मगर अब इस टेकनीक के अनुसार उसे देखना है कि सिगरेट पीते ही उसे बहुत ज़्यादा तकलीफ हो गई।

वह देख सकता है कि उसके फेफड़े, लिवर शरीर रूपी जेल में हैं और स्वस्थ होने के लिए चिल्ला रहे हैं कि 'सिगरेट छोड़ो, स्वास्थ्यवर्धक पेय पीओ।' वह यह भी देख सकता है कि सिगरेट टायर या केरोसीन की बनी हुई है, जिसे सुलगाते ही उसमें से बदबू निकलती है, जो उसे पसंद नहीं है।

ऐसा करने से सिगरेट पीने से पहले उस इंसान का होश जगेगा, उसे बदबूदार टायर या केरोसीन की याद आने की संभावना बढ़ेगी। वरना तो इंसान ने कब सिगरेट उठाई, कब शराब उठाई, कब पीने लगा, पता ही नहीं चलता!

याद रहें, गुण-गुम टेक्नीक में ऐसी चीज़ों की कल्पना हो, जो बिलकुल नामुमकिन है, तर्कसंगत (लॉजिकल) नहीं है। जैसे- चॉकलेट में भूसा और सिगरेट में मिट्टी होना मुमकिन ही नहीं है। यह इसलिए करना है ताकि आपके मन में कोई नकारात्मक विचार या भावना घर न कर लें और आप विचार नियम* का विपरित उपयोग न करें।

अतः जो भी बुरी आदतें छोड़ना आज आपको बहुत मुश्किल लगता है, उनसे गुण-गुम टेक्नीक द्वारा प्रयास करते हुए, छुटकारा पाया जा सकता है। आपका यही विश्वास तुष्टि से मुक्ति पाने में आपकी मदद करेगा।

मनन चार्ट		
क्र.	**आदतें**	**गुण-गुम टेकनीक**
१.	ज़्यादा कॉफी	कॉफी में खटास

विचार नियम को विस्तार से जानने के लिए पढ़ें सरश्री द्वारा रचित पुस्तक **'विचार नियम- आपकी कामयाबी का रहस्य।'*

भाग
6

क्रोध पर कंट्रोल

विलंब प्रतिक्रिया ध्यान

जब भी जीवन में कुछ ऐसा घट जाता है, जो इंसान के इच्छा विरुद्ध होता है तब उसके अंदर क्रोध जगता है। क्रोध एक ऐसी भावना है, जिसमें इंसान दूसरे से हुई गलती की सजा स्वयं को देता है। अर्थात अपने क्रोध पर नियंत्रण न कर पाने की वजह से वह क्रोध करके स्वयं भी तकलीफ भुगतता है । इसलिए अपनी खुशी के लिए उसे क्रोध पर संयम रखना सीखना होगा।

अकसर इंसान क्रोध का शिकार बनता है। वह बाहर की घटना या लोगों पर इल्जाम लगाता है कि 'फलाँ की वजह से वह क्रोधित हुआ।' जबकि क्रोध उसके अंदर ही था, बस घटना या लोग उसे बाहर लाने में निमित्त बनें। आइए, इसे एक उदाहरण से समझते हैं।

दो विद्यार्थी थे, जिनके स्कूल की रिजल्ट लग चुकी थी। पहला विद्यार्थी परीक्षा में फेल हुआ था और दूसरे को ८९ प्रतिशत मार्क्स मिले थे। दोनों ही अपने-अपने घर में रिजल्ट लेकर जाते हैं।

पहला विद्यार्थी, जो फेल हुआ था, उसके पापा आज बड़े ही खुश थे क्योंकि उनका प्रमोशन हुआ था। जब उन्होंने बेटे के मार्कस् सुने तो वे उसे ज़्यादा कुछ नहीं बोले क्योंकि वे पहले ही खुशी से भरे हुए थे।

दूसरा विद्यार्थी, जो परीक्षा में ८९ प्रतिशत मार्क्स लाया था, उसने अपने पिताजी को रिजल्ट दिखाया तो वे उस पर गुस्सा हो गए। उनका कहना था कि अगर १ प्रतिशत और मिलते तो ९० प्रतिशत रिजल्ट आता था और वे उसे डाँटने लगे।

उपरोक्त घटना इस बात का स्पष्टीकरण देती है कि बाहर की घटना पर इंसान का क्रोध निर्भर नहीं होता बल्कि वह उसके मूड पर होता है। यदि उसका मूड अच्छा है तो वह लोगों की बड़ी गलती पर भी कुछ नहीं कहता। जबकि मूड खराब होने पर वह छोटी-छोटी बात पर भी डाँटने और चिल्लाने लगता है।

इसलिए इंसान को बाहरी घटना या लोगों को सुधारने की कोशिश नहीं करनी चाहिए। बजाय इसके उसे अपने मूड और अंदर जगे क्रोध पर कार्य करने की आवश्यकता है।

अकसर लोगों के सवाल होते हैं कि क्रोध आने पर क्या करना चाहिए? जिसका एक ही जवाब है- **क्रोध आने पर कुछ नहीं करना चाहिए बल्कि वह आने से काफी पहले उस पर कार्य करके रखना चाहिए।** क्रोध पर आत्मसंयम बना रहने के लिए सबसे उपयुक्त तरीका है, ध्यान का। जब आप ध्यान में **प्रतिक्रिया विलंब** कर पाएँगे तब संभावना है कि क्रोध की घटना में भी उस अनुभव को याद करके क्रोध को टाल पाएँ।

प्रतिक्रिया विलंब करना यानी जब भी मन किसी बात पर प्रतिक्रिया देने को कहे तब उसे थोड़ी देर रोक पाना। जैसे शरीर में थोड़ी भी असुविधा हुई तो मन तुरंत उसे मिटाने के लिए शरीर को हिलाता-डुलाता है... खुजली हुई कि तुरंत खुजलाना चाहता है... थोड़ी भी गरमी लगी कि पंखा चला लेता है...! अर्थात वह थोड़ी भी असुविधा बरदाश्त नहीं करना चाहता इसलिए तुरंत प्रतिक्रिया करता है। वैसे ही क्रोध भी इंसान को असुविधा की स्थिति में डालता है और वह बिना उसके दुष्परिणाम जाने तुरंत क्रोध कर डालता है।

इस प्रतिक्रिया को रोकने के लिए आइए, ध्यान में कैसे इसका अभ्यास करें, जानते हैं। इस ध्यान को विलंब प्रतिक्रिया ध्यान कहा गया है। पहले इसे पूर्ण पढ़कर समझ लें, उसके उपरांत करें।

१. अपनी घड़ी या मोबाइल में १५ या २० मिनटों का अलार्म सेट करें। (आप ५-१० मिनट से भी शुरुआत कर सकते हैं)

२. अपनी आँखें बंद करके, ध्यान मुद्रा में सीधे बैठें।

३. दो-तीन लंबी साँसें लेकर धीरे-धीरे छोड़ें।

४. अब ध्यान को अपनी साँसों पर ले जाएँ। पूरे ध्यान के दौरान कोशिश रहे कि ध्यान साँसों पर ही लगा रहे।

५. ध्यान के दौरान जब भी आँखें खोलने, हाथ हिलाने, कपड़े ठीक करने, खुजलाने या पैर फैलाने का मन करें तो खुद से कहें, '**प्रतिक्रिया विलंब**' यानी थोड़ी देर रुकते हैं, फिर वह क्रिया करते हैं।

६. बीच-बीच में '**नो प्रतिक्रिया, नो रीऐक्शन**' इस समझ के साथ भी ध्यान करते रहें। कुछ अच्छा लग रहा है या बुरा, कोई प्रतिक्रिया न करें। जैसे बैठे हैं, वैसे ही बैठे रहें। अगर कोई प्रतिक्रिया हो गई तो उस पर भी 'नो प्रतिक्रिया'।

७. इसी तरह विचारों में कनफ्यूजन हो या कोई विचार ही नहीं आ रहे हैं तब भी 'नो प्रतिक्रिया।' कुछ सुलझाने की आवश्यकता नहीं है, कनफ्यूजन रहे तो रहे।

वैसे ही हर विचार पर, नो प्रतिक्रिया। विचार स्वतः ही समाप्ति की तरफ लौट जाएँगे। कुछ करने की आवश्यकता नहीं है। विचारों को रोक न पाएँ तो भी 'नो प्रतिक्रिया।' इस तरह ध्यान करते रहें।

८. अंत में १५-२० मिनट के बाद 'नो प्रतिक्रिया' की कनविक्शन के साथ ध्यान जारी रखते हुए, आँखें खोलें।

यह ध्यान मौका है, तुरंत बेहोशी में प्रतिक्रिया करने की पुरानी आदत को तोड़ने का। इसमें हर तरह का प्रयोग करके देखें। ध्यान में प्रशिक्षण पाकर होनेवाली हर नकारात्मक प्रतिक्रिया से मुक्ति प्राप्त हो सकती है।

मनन चार्ट		
कौन सी घटना में गलत प्रतिसाद आता है	उसका परिणाम क्या आता है	अब आगे क्या करेंगे
किसी ने अपशब्द कहा तो क्रोध की वजह से हम भी पलटकर जवाब देते हैं (कॉपी कैट)	रिश्तों में दूरियाँ पैदा होना	नो प्रतिक्रिया, शांत रहेंगे, सामनेवाले के लिए मन में मंगल भावना लाएँगे।

खण्ड 2 - इच्छाशक्ति

भाग 7

दृढ़ इच्छाशक्ति

सफलता की कुंजी

जीवन में सफलता प्राप्त करने के लिए इंसान को कई गुणों की आवश्यकता होती है। जिनमें 'दृढ़ इच्छाशक्ति' यह एक बहुत ही महत्वपूर्ण गुण है। इतिहास में ऐसे कई उदाहरण मौजूद हैं, जिन्होंने साधनों और सुख-सुविधाओं के अभाव में भी, केवल अपनी दृढ़ इच्छाशक्ति के बल पर निर्धारित लक्ष्य हासिल किया।

जैसे कोलंबस के मन में तीव्र इच्छा थी कि वह अटलांटिक को पार करके एक नया रास्ता खोज निकाले। उसके नाविकों ने भी हिम्मत हार दी और उसका जोरदार विरोध किया। परंतु कोलंबस अपने निर्णय पर अटल रहा और अटलांटिक महासागर को पार करके दुनिया को दृढ़ इच्छाशक्ति की मिसाल दी।

इसी तरह कई महान हस्तियाँ अपनी दृढ़ इच्छाशक्ति के कारण, अपने निर्णय पर हिमालय की भाँति अटल रहे। लोगों ने उनके लक्ष्य को असंभव बताकर, उनकी हँसी तक उड़ाई परंतु वे अपने लक्ष्य से पीछे नहीं हटे।

महात्मा गाँधी की इच्छाशक्ति इतनी मज़बूत थी कि अंग्रेजों को भारत छोड़कर जाना ही पड़ा । इसीलिए कहा गया है- **'दृढ़ इच्छाशक्ति जीवन में सफलता प्राप्त करने की कुंजी है'**।

दृढ़ इच्छाशक्ति का एक अर्थ यह भी है, **'चाहे जो कुछ भी हो, मैं यह काम करूँगा और करके ही रहूँगा।'**

किंतु कई लोग यह नहीं कर पाते, उनके जीवन की छोटी-छोटी रुकावटें उन्हें आगे बढ़ने से रोक देती हैं। यह उनकी कमज़ोर इच्छाशक्ति को दर्शाता है। इसका एक कारण यह होता है कि बचपन से ही आसानी से हर चाहत पूरी हो जाने की वजह से उन्हें अवरोधों का ज़्यादा सामना नहीं करना पड़ता। जिससे उनकी इच्छाशक्ति कमज़ोर पड़ जाती है या उनमें कुछ करने की इच्छा ही मर जाती है।

ऐसे में उनकी इच्छाशक्ति में दृढ़ता लाने के लिए उन्हें अवरोधों (चुनौतियों) का अनुभव होना आवश्यक है।

हर माता-पिता को इस बात का ध्यान रखना होगा कि वे अपने बच्चे को थोड़े कठिन परिस्थिति से गुज़रने दे। मगर यह अवरोध ऐसा भी ना हो, जिसे बच्चा पार ही न कर सके और उल्टा उसका आत्मविश्वास कमज़ोर पड़ जाए। ऐसे में बच्चे को उन अवरोधों का सामना करना सिखाया जाना चाहिए ताकि वह जीवन में किसी भी परिस्थिति का सामना कर, चाहे जो हो जाए अपना कार्य पूर्ण कर पाए।

किसी भी कार्य में सफलता पाने के लिए दृढ़ इच्छा के साथ-साथ विवेक शक्ति का जुड़ना भी आवश्यक है।

जैसे किसी भी नए कार्य को करने से पूर्व, **'हमारी क्या-क्या हानी हो सकती है?'** यह विवेकमय विचार करना जरूरी है। साथ ही उसे सहने की तैयारी रखते हुए, कार्य को आरंभ किया जाए। अन्यथा कई बार निश्चय करके आरंभ किए हुए कार्य में बाधाएँ आते ही इंसान उसे बीच में ही छोड़ देता है।

अत: अपने प्रथम निश्चय से कभी भी पीछे नहीं हटना चाहिए। चाहे उन्नति के मार्ग पर कितनी भी कठिनाइयाँ आए, उनका धैर्यपूर्वक सामना करने से ही इंसान की इच्छाशक्ति बलवती होती है।

जीवन में ऐसे कई मौके आते हैं, जब इंसान को कुछ भी करने की इच्छा नहीं होती। मन दुविधा की अवस्था में होता है तब उसे, **'नो मैटर वॉट- डू इट'** अर्थात **'चाहे जो हो, यह कार्य करना ही है'**, इस मंत्र के साथ कार्य करने की आदत डालनी होगी। साथ ही यह कार्य कैसे मुमकिन हो सकता है, इस पर सोचना होगा। फिर वह कार्य

छोटा भी क्यों न हो, जिसे करने में बोरियत महसूस हो रही हो, मन बहाने दे रहा हो, शरीर में थकान हो। इन सबके बावजूद उसे पूर्ण करना ही दृढ़ इच्छाशक्ति की निशानी है।

उदाहरणतः दो लोग हैं, जिन्हें अपना वजन कम करना है। दोनों यह निश्चय करते हैं कि हम चार महीने में १० किलो वजन कम करेंगे।

उनमें से एक अपनी इच्छाशक्ति का इस्तेमाल कर, व्यायाम करना आरंभ करता है। उसे कई कठिनाइयाँ भी आती हैं। जैसे कभी व्यायाम न करने का मन करता है, कभी देर से उठता है, कभी ठंढ ज़्यादा होती है, कभी ऑफिस में जल्दी जाना होता है आदि। मगर वह 'चाहे जो हो, आज व्यायाम करना ही है', इस मंत्र के साथ निरंतर कार्य करते रहता है।

इसके विपरीत दूसरा इस विचार से ही परेशान हो जाता है कि 'चार महीने में १० किलो वजन कैसे कम कर पाऊँगा?' और वह खुद को ही कई तरह के बहाने देने लगता है। जैसे- 'आज मुझे बहुत सारे काम करने हैं... आज मेरे घर में मेहमान आनेवाले हैं... मेरे शरीर में बहुत थकान है, दर्द है... आज मौसम खराब है' इत्यादि। इस तरह उसने दो-तीन सप्ताह बाद वजन कम करने का इरादा ही छोड़ दिया।

जब चार महीने पूरे हुए तब पहले इंसान ने दृढ़ इच्छाशक्ति के दम पर अपना वजन कम करके दिखाया और दूसरा चाहकर भी अपना वजन कम नहीं कर पाया।

ऐसे ही यदि आप कुछ कार्य करने की ठान लेते हैं तो 'नो मैटर वॉट' इस इरादे के साथ उसे पूर्ण करें। इसका प्रयोग पहले छोटे-छोटे कार्यों में करें। जैसे यदि आपने ठाना है कि 'आज मुझे फलाँ से मिलना है' या 'उसे ई-मेल करना है' या 'फलाँ को फोन करना है' तो यह २-५ मिनट लगनेवाले कार्य को पूरा कर डालें।

ऐसे प्रयोग करने से कुछ ही दिनों में आप देखेंगे कि आपके अंदर इच्छाशक्ति बढ़ने लगी है। फिर आप बड़े-बड़े कार्य भी आसानी से पूर्ण करने लग जाएँगे।

इंसान को हमेशा इस बात पर ध्यान देना चाहिए कि कुछ ना करने की आदत से बेहतर है, कुछ करने की आदत डाले। कुछ करने के साथ ही उसे अपने अंदर इच्छाशक्ति का संचार होते हुए दिखेगा।

मनन चार्ट			
क्रं.	कार्य, जो करने हैं	क्यों नहीं कर पा रहे हैं	कैसे मुमकिन होगा
१.	पुस्तक पढ़ना	समय नहीं मिलता	रोज़ एक पेज तो पढ़ेंगे ही

भाग
8

आलस्य की आदत तोड़ें

बहाने देने से बचें

इच्छाशक्ति एक आत्मिक ऊर्जा है, जो हर इंसान के अंदर होती है। लेकिन सवाल यह है कि इस ऊर्जा का इस्तेमाल हरेक कितना कर पाता है? अधिकांश लोग इच्छाशक्ति के इस ऊर्जा का इस्तेमाल ही नहीं करते क्योंकि वे 'आलस्य' को प्राथमिकता देते हैं। इंसान पर आलस्य इतना हावी हो जाता है कि आगे चलकर वही उसके पतन का कारण बन जाता है।

अकसर यह देखा गया है कि जिन लोगों में तमोगुण ज़्यादा है, उनमें इच्छाशक्ति का अभाव होता है। जब इंसान के शरीर में 'आलस्य' को प्रवेश मिलता है तब वह उसी में रहना चाहता है। क्योंकि उसे कुछ न करते हुए पड़े रहना बड़ा अच्छा लगता है। यह उसके लिए इनाम मिलने जैसे होता है।

उदाहरणतः एक तमोगुणी इंसान रोज़ ऑफिस जाने में देरी करता है। इसलिए वह सोचता है कि कल से वह रोज़ ५ बजे उठेगा और ऑफिस जल्दी पहुँचेगा। लेकिन जब भी सुबह पाँच बजे का अलार्म बजता है, वह नींद से उठ ही नहीं पाता। उस समय उसके लिए नींद 'इनाम' का रूप ले लेती है। उसके अंदर इतनी सुस्ती आती है कि वह अपनी आँखें खोल ही नहीं पाता। जिस कारण वह हमेशा अपने बॉस को बहाने देते रहता है।

देखा जाए तो आलस्य अपने आपमें एक बुरी आदत है, ऊपर से यह आदत इंसान के अंदर और एक बुरी आदत का निर्माण करती है, जो है बहाने देना। इसे कहा जाता है कि

एक तो करेला, दूसरे नीम-चढ़ा।

ऐसे लोगों को हमेशा छोटी-छोटी बातों में बहाने देने की आदत होती है। जो उनके जीवन में इतनी सूक्ष्म होती है कि वे समझ ही नहीं पाते, इसके कारण वे अपना और दूसरों का बहुत बड़ा नुकसान कर रहे हैं।

मुख्य रूप से तीन तरह के बहाने इंसान देते हुए नज़र आता है।

१. **बुरे कारण (बैड रिजन)** : बैड रिजन यानी ऐसे कारण, जो आपके साथ-साथ लोगों को भी पता होता है कि आप आलस्य की वजह से कार्य न करने का बहाना बना रहे हैं।

जैसे एक इंसान ने अपने नौकर से पूछा, जो उस वक्त खाना बना रहा था, 'आज खाने में क्या बना रहे हो?' नौकर ने जवाब दिया, 'मैं फिश बना रहा हूँ।' इस पर मालिक ने कहा, 'ठीक है, फिश को अच्छे से धोकर बनाना।' तब नौकर ने तपाक से जवाब दिया, 'मालिक, फिश को धोने की क्या आवश्यकता है, वह तो पानी में ही रहती हैं न!'

इसे कहते हैं, बैड रिजन। जिसे सुनते ही पता चलता है कि सामनेवाला बहाना बना रहा है।

२. **बड़े कारण (बिग रिजन)** : बिग रिजन देना यानी किसी बड़ी घटना को कारण बनाकर पेश करना। जैसे 'यह कार्य हम नए साल से करेंगे... फलाँ की शादी के बाद करेंगे... इस-इस त्यौहार के बाद करेंगे आदि। देखा जाए तो वह कार्य आज भी हो सकता है। मगर जिन्हें कामों को टालने की आदत है, वे ऐसे कारण देकर काम करने से बचना चाहते हैं।

जैसे एक मैनेजर अपने कर्मचारी से पूछता है, 'यह काम क्यों नहीं किया?' तो वह कहता है, 'अब दिवाली आ रही है न इसलिए मैं व्यस्त हूँ, दिवाली के बाद कर लूँगा।' हालाँकि मैनेजर को दिख रहा है, सामनेवाला अपने आलस्य के कारण काम न करके, बहाना देकर बचना चाहता है। मगर दिवाली में व्यस्तता के बहाने को नकारा भी नहीं जा सकता इसलिए लोग भी चुप हो जाते हैं।

३. **अच्छे कारण (गुड रिजन)** : ये ऐसे कारण होते हैं, जिन्हें आप बहाने नहीं समझते। मगर गौर किया जाए तो ये खूबसूरत कारण होते हैं। हमें ऐसे बहानों में बहने से बचना चाहिए।

जैसे पिताजी बेटे से कहते हैं, 'बेटा, ज़रा बत्ती तो बुझा दो' तब बेटा कहता है,

'पिताजी, आप अपनी आँखें बंद कर लीजिए और समझ जाइए कि बत्ती बुझ गई है।'

फिर से पिताजी बेटे से कहते हैं, 'अच्छा, जरा बाहर जाकर देखो कहीं बारिश तो नहीं हो रही है?' इस पर भी बेटे के पास जवाब तैयार है। वह कहता है, 'पिताजी, आपके पलंग के नीचे बिल्ली आकर बैठी है, उसे छूकर देखिए, वह अभी-अभी बाहर से आई है, आपको पता चल जाएगा कि बाहर बारिश हो रही है या नहीं।'

अंततः पिताजी बेटे से कहते हैं, 'जरा दरवाज़ा तो बंद कर दो।' इस पर बेटे का जवाब है, 'सब काम क्या मैं ही करूँ, कुछ काम आप भी कीजिए न!'

खैर यह तो चुटकुला था मगर ऐसे कारण भी सुनने में कितने तर्कसंगत लगते हैं। इन कारणों में से कोई भी गलती नहीं ढूँढ़ पाएगा, जबकि है तो यह कारण ही।

जो लोग बहाने देने में निपुण होते हैं, उनके काम हमेशा आधे-अधूरे रहते हैं। इसी कारण उनका आत्मविश्वास भी कमज़ोर होने लगता है। जिससे उनके अंदर इच्छाशक्ति की कमी पाई जाती है।

कोई भी बहाने देने से पहले हरेक को अपने आपसे यह पूछना चाहिए कि 'वाकई मैं जो बहाने दे रहा हूँ, क्या वे सही हैं, तर्कसंगत हैं? या मैं अपने आलस्य में रहना चाहता हूँ?' यह पूछताछ करने के बाद आपको पता चलेगा कि हमें अपने आपको प्रशिक्षण देने की आवश्यकता है।

अत: आगे से जब भी मन कोई बहाना दे तब खुद को याद दिलाएँ, **'नो इक्स्क्यूज प्लीज**' यानी **'कृपया कोई बहाना न दें।**' इसे मंत्र की तरह प्रयोग में लाया जा सकता है। दिनभर में देखें कि कहाँ-कहाँ आपका मन आपको बहानों में उलझा रहा है।

जैसे आपको कोई काम आज ही करना है और मन कहे, 'कल करता हूँ' तब स्वयं को याद दिलाएँ, 'नो इक्स्क्यूज प्लीज' या आप व्यायाम करने जा रहे हैं और शरीर में थोड़ी थकावट है तब स्वयं से कहें, 'नो इक्स्क्यूज प्लीज' या आपको ध्यान में बैठना है और आप बोर हो गए हैं तब भी आप इस मंत्र के सहारे ध्यान का अभ्यास आसानी से कर पाएँगे। इस तरह बहानों में न फँसकर आप अपने कार्य को अंजाम दे सकेंगे।

इस मंत्र के साथ-साथ यह समझ भी जोड़ें कि चाहे मन कितने भी बहाने दें मगर जब तक आप अपने कार्य को अंजाम नहीं देते तब तक वह कार्य अधूरा ही रहता है। अर्थात **आलस्य + बहाने देना = काम न होना। इसलिए बहाने देने की बजाय काम को पूरा करने की ठान लें।**

मानो, आपको रात के जूठे बर्तन साफ करने हैं और आप आलस्य की वजह

से उसे वैसे ही रख रहे हैं तो उन्हें साफ कर डालें... आपको किसी को कल मीटिंग के लिए मैसेज भेजना है तो उसी वक्त भेज दें और अपनी इच्छाशक्ति का बल बढ़ाएँ। अगर आपको इच्छाशक्ति का महत्त्व पता है और आप उसे विकसित करना चाहते हैं तो उसके लिए निश्चित कदम उठाना अनिवार्य है।

बहाने न देने और चुस्त रहने के फायदे खुद को बताएँ ताकि शरीर, मन और बुद्धि तीनों आपको सहयोग कर पाएँ। अन्यथा शरीर सहयोग करने के बजाय आलस्य में ही रहना चाहेगा। जैसे अगर नौकर को कहा जाए, 'रूम साफ करो' और वह कहे, 'पहले नाश्ता करने दो', फिर कहे, 'पाँच मिनट झपकी लेने दो', उसके बाद कहे, 'पहले मैं फ्रिज साफ करूँगा' तो इसका अर्थ हुआ उसे जो काम अच्छे लगते हैं, वह उन कामों को पहले करना चाहता है।

इसी तरह इंसान का शरीर भी वह नहीं करता, जो उसकी पहली आवश्यकता होती है। जब वह 'पहला काम' पहले पूर्ण करना सीख जाएगा तब वह हर बुरी आदत से बाहर आएगा और बहानों में बहना बंद करेगा।

मनन चार्ट		
अपूर्ण कार्य कौन से हैं	कार्य न होने के कारण कौन से हैं– रिजन: गुड–बिग–बैड	कार्य कैसे हो सकते हैं
बैंक में जाकर पासबुक अपडेट करना	बिग– दिवाली के बाद	किसी को भेजकर हो सकता है

भाग 9

कमज़ोर इच्छाशक्ति

लक्ष्य के साथ चुनौती

अकसर यह देखा जाता है कि जब इंसान के जीवन में लक्ष्य की कमी होती है या उसे अपना लक्ष्य स्पष्ट नहीं होता तब वह दुविधा मनःस्थिति में रहता है। यही दुविधा उसकी इच्छाशक्ति कम होने का कारण बनती है।

बिना लक्ष्य के इंसान का जीवन बेलगाम घोड़े की तरह होता है, जो यहाँ-वहाँ भागते रहता है। ऐसे में वह अपनी मानसिक एवं शारीरिक ऊर्जा का उपयोग सही दिशा में नहीं कर पाता। कई बार वह व्यर्थ की बातों में अपना समय बरबाद करता है और सफलता उससे कोसों दूर चली जाती है। इसलिए इंसान को जीवन में लक्ष्य को प्रथम स्थान पर रखना चाहिए।

जब इंसान अपने जीवन में लक्ष्य को निर्धारित करता है तब उसके विचार भी उसी दिशा में चलने लगते हैं। साथ ही लक्ष्य प्राप्त करने के लिए उसकी इच्छाशक्ति बढ़ने लगती है। वह अपने मनोबल का सही उपयोग कर पाता है। किंतु यह तब ही संभव हो पाता है, जब उसे अपना लक्ष्य सदैव याद रहे। जिसके लिए लक्ष्य को लिखित में लाना आवश्यक होता है।

लक्ष्य को लिखकर रखने की वजह से ही इंसान उसे रोज़ देख पाएगा, महसूस कर पाएगा और उसके साथ जी पाएगा। जितनी बार वह अपने लक्ष्य के साथ जीएगा, उतनी

ही उसकी इच्छाशक्ति प्रबल होती जाएगी।

जैसे दो लोग हैं, जिनके अपने-अपने लक्ष्य हैं। पहला इंसान अपने लक्ष्य को हर जगह लिखकर रखता है- आइने पर, डायरी में, वाइट बोर्ड पर, मोबाइल में, अपने कम्प्युटर स्क्रिन पर। वह अपने लक्ष्य के बारे में हर किसी को बताता है ताकि लोग भी उसे उसके लक्ष्य प्राप्ति में मदद कर, उसका प्रोत्साहन बढ़ा सकें। नतीजन लक्ष्य प्राप्त करने की उसकी इच्छाशक्ति बनी रहती है। वह कदम-दर-कदम अपने लक्ष्य की तरफ बढ़ रहा होता है।

इसके विपरीत दूसरा इंसान लक्ष्य तो बनाता है लेकिन वह उसके विचारों तक ही सीमित होता है। कुछ दिनों के बाद वह भूल भी जाता है कि उसने कुछ करने की ठानी थी। जिस कारण वह पुराना बेहोशीभरा जीवन जीने लगता है। जिसके परिणामस्वरुप उसने जो लक्ष्य बनाया था, उसके प्रति उसकी इच्छाशक्ति भी कम-कम होने लगती है।

कहने का अर्थ **जितने आप अपने लक्ष्य के प्रति समर्पित हैं, उतना आपकी इच्छाशक्ति को बल मिलता है।** यदि लक्ष्य बनाने के बावजूद इच्छाशक्ति कम पड़ रही है तो आप अपने आदर्श को याद करें। यदि आपने किसी को अपना आदर्श नहीं बनाया है तो अब बनाएँ। हरेक के जीवन में एक आदर्श होना चाहिए। आदर्श यानी ऐसा इंसान, जो अपने जीवन में हर स्तर पर सफल हैं... जिसे देखकर, सुनकर आपको लक्ष्य की तरफ बढ़ने की प्रेरणा मिलती है। यह आदर्श कोई भी हो सकता है- आपके माता-पिता, मित्र, बॉस, शिक्षक, पड़ोसी या कोई महान व्यक्तित्व, जिसे देखकर या जिसके बारे में पढ़कर आप प्रेरित होते हैं।

मानो, किसी को क्रिकेटर बनना है तो वह अपने जीवन में किसी क्रिकेटर को आदर्श के रूप में चुनता है। वह उसका फोटो उसके घर या रूम में लगाता है। उसके बारे में सोचता है, उसके गुणों का निरीक्षण करता है। उसके खेलने की पद्धति को गौर से देखता है। उसके इंटरव्यू को देखता है। उसके बारे में पढ़ता है इत्यादि।

इसी तरह आप भी आपके लक्ष्य के अनुसार आदर्श का चुनाव कर, उसके गुणों के बारे में सोचना शुरू करें। उन गुणों को अपने अंदर महसूस करें। जैसे-जैसे आप आपके आदर्श के बारे में सोचेंगे, आपके अंदर की इच्छाशक्ति और गुण दोनों ही बढ़ने लगेंगे।

यदि किसी कारणवश आप अपना आदर्श नहीं चुन पा रहे हैं तो विश्व के सफल

लीडर्स की बायोग्राफी पढ़ें, फिर चाहे वे किसी भी फिल्ड के क्यों न हों। बायोग्राफी पढ़ने के साथ, आप देखेंगे कि आपके अंदर भी कुछ करने की इच्छा बढ़ने लगेगी। जब आप किसी की जीवनी पढ़ते हैं तब आपको ज्ञात होता है कि उसके जीवन में भी कई समस्याएँ आने के बावजूद वह अपना लक्ष्य हासिल करके, समस्याओं से निखरकर बाहर आया।

जब आप प्रेरणादायी पुस्तकें पढ़ते हैं तब आपके अंदर भी उच्च जीवन जीने की प्यास बढ़ने लगती है। इसके साथ-साथ इच्छाशक्ति बढ़ाने के लिए आप मोटिवेशनल (प्रेरणादायी) पिक्चर्स देख सकते हैं या गाने भी सुन सकते हैं।

इस तरह लक्ष्य और किसी को प्रेरणास्त्रोत बनाना, निमित्त बन सकता है, आपके अंदर की इच्छाशक्ति को बढ़ाने के लिए।

मनन चार्ट

जीवन के लक्ष्य	पूरी करने की इच्छा	कहाँ लिखकर रखेंगे और पुस्तक या आदर्श कौन होगा
टीचर बनना	१ २ ३ ४ ५ ६ ७ ८ ९ १०	अब्दुल कलामजी
दसवीं में ८५% लाना		
कोई खास कंपनी में नौकरी करना		

भाग
10

जीने की इच्छाशक्ति बढ़ाएँ

सकारात्मकता लाएँ

संसार में कुछ ऐसे लोग भी हैं, जिन्होंने अपनी असीम इच्छाशक्ति से ऐसे कामों को अंजाम दिया, जो औरों के लिए लगभग असंभव था। ऐसे ही एक शख्स थे- केरोली टेकक्स। केरोली, हंगरी आर्मी की सेना में सैनिक और एक बेहतरीन पिस्टल शूटर थे। शूटर होने के साथ-साथ वे बेहद ही महान देशभक्त भी थे। बात १९३८ की है, जब हंगरी ओलंपिक पदकों के लिए तरसता था। ऐसे में हंगरी के नेशनल गेम्स के दौरान एक आर्मी मेन ने गोल्ड मेडल जीतकर पूरे देश की आशाओं को जैसे उड़ान दे दी थी। उनके प्रदर्शन को देखते हुए पूरे हंगरी वासियों को विश्वास हो गया था कि १९४० के ओलंपिक्स में केरोली देश के लिए गोल्ड मेडल जीतेगा।

ऐसे में किस्मत को कुछ और ही मंजूर था, सेना में प्रशिक्षण के दौरान केरोली के सीधे हाथ में ग्रेनेड फट गया और उसका दायाँ हाथ (जिससे वह निशाना साधता था) काटना पड़ा। जब केरोली को इस बात का एहसास हुआ तो उसने दृढ़ इच्छाशक्ति दिखाई। उसने अपने बाएँ हाथ से निशानेबाजी का अभ्यास शुरू किया। काफी महीनों बाद १९३९ में होनेवाले हंगरी के नैशनल गेम में वह अचानक से लोगों के सामने आया। साथ ही उसने गेम में हिस्सा लेने की बात कहकर सबको आश्चर्य में डाल दिया। उसे गेम में भाग लेने की इजाजत मिली और उसने पिस्टल शूटिंग में भाग लेकर चमत्कार करते हुए, गोल्ड मेडल जीत लिया।

लोग अचंभित हो गए, आखिर ये कैसे हुआ? जिस हाथ से वह एक साल पहले तक लिख भी नहीं सकता था, उसे उसने इतना ट्रेन्ड कैसे कर लिया कि वह गोल्ड मेडल जीत गया। जाहिर है, केरोली ने असीम इच्छाशक्ति से यह कर दिखाया, जिसके बारे में आम इंसान सोच भी नहीं सकता।

इच्छाशक्ति एक ऐसी ऊर्जा है, जो हर इंसान के अंदर होती है। लेकिन सवाल यह है कि इस ऊर्जा का इस्तेमाल इंसान कितना कर पाता है? क्योंकि ज़्यादातर लोग कठिन परिस्थिति से जूझ नहीं पाते। दूसरी ओर कुछ लोगों की तो जीने की इच्छा ही समाप्त हो जाती है।

जैसे एक हॉस्पिटल में देखा गया कि दो मरीज थे और दोनों को एक जैसे ही बीमारी थी। डॉक्टर ने दोनों से कहा, 'तुम्हारी बचने की संभावना बहुत कम है।' यह सुनकर दोनों के अंदर अलग-अलग विचार उठने लगे।

पहला मरीज मन ही मन कहने लगा, 'अब तो मेरी कोई जीने की संभावना नहीं दिखती, डॉक्टर ने भी हार मान ली और वैसे भी जीकर क्या फायदा? इस बीमारी ने मुझे पहले ही मार डाला है।'

दूसरा मरीज कहता है- 'डॉक्टर कुछ भी कहें लेकिन मैं ज़िंदा रहनेवाला हूँ क्योंकि मुझे जीवन में बहुत अच्छे तथा अव्यक्तिगत कार्य करने हैं। जिसके लिए ईश्वर मेरे साथ है और वह मुझे शक्ति देगा।'

इससे आप अंदाजा लगा सकते हैं कि दोनों के साथ क्या हुआ होगा। पहला इंसान बीमारी से बाहर नहीं आ सका और उसके शरीर का अंत हो गया। दूसरा उस बीमारी से बाहर आया और तंदुरुस्त जीवन जीने लगा।

देखा जाए तो दोनों के जीवन में एक जैसी घटना होने के बावजूद परिणाम भिन्न-भिन्न नज़र आएँ। क्योंकि दोनों के अंदर की इच्छाशक्ति अलग थी। जिसके अंदर जीने की तीव्र इच्छा थी और विचार सकारात्मक थे, उसकी जीने की इच्छा अपने आप दृढ़ होती गई। इसके विपरीत जिसने नकारात्मक विचार रखे, जीने की उम्मीद खो दी, उसकी जीने की इच्छाशक्ति धीरे-धीरे कम होती गई।

इच्छाशक्ति का होना और न होना इंसान के विचारों पर निर्भर करता है। अगर वह सकारात्मक विचार रखता है तो उसकी इच्छाशक्ति बढ़ने लगती है और जो नकारात्मक विचार रखता है, उसकी इच्छाशक्ति कम होते जाती है।

इंसान के जीवन में बहुत सारी घटनाएँ होती रहती हैं। जैसे कोई भयंकर बीमारी से जूझ रहा हो... किसी का कोई प्रियजन साथ छोड़कर चला गया हो... कोई किसी कार्य में असफल हुआ हो... कोई परीक्षा में फेल हो गया हो... किसी की नौकरी चली गई हो या किसी से कोई बड़ी गलती हो चुकी हो आदि। जिस वजह से इंसान के मन में आत्मग्लानि घर कर जाती है। ऐसी परिस्थिति में उसका मन नकारात्मक विचारों से भर जाता है और उसकी जीने की इच्छा ही खत्म हो जाती है।

कई बार इंसान को लगता है कि 'जीवन में हो रही घटना मुझे दुःख पहुँचा रही है। अगर यह घटना नहीं होती तो मेरा जीवन सुखी होता।' जबकि ऐसा नहीं है, जीवन में हो रही घटनाएँ दुःख का कारण नहीं हैं बल्कि घटना होने के बाद, जो विचार चलते हैं वे दुःख का कारण हैं। वही इंसान की इच्छाशक्ति को भी कमज़ोर बना देते हैं।

यदि इंसान जीने की इच्छा को बढ़ाना चाहता है तो उसे सकारात्मक विचार कर, खुद से प्रेम करना सीखना होगा।

प्रेम में वह शक्ति है, जो इंसान की उम्मीद को फिर से जगा सकती है, ठहरे कदमों को गति दे सकती है, नकारात्मक सोच को सकारात्मक कर सकती है, दुर्बल को सबल और स्वास्थ्यहीन को स्वस्थ बना सकती है।

मनोचिकित्सक भी जीवन से निराश और परेशानी से घिरे लोगों को अपने जीवन का उद्देश्य ढूँढ़ने पर जोर देते हैं। सकारात्मक विचार रखने और स्वयं से प्रेम करने के लिए कहते हैं। ज़रा सोचिए, वह कौन सी मनःस्थिति होती होगी, जिसमें इंसान शरीर हत्या करने की ठान लेता है? ऐसी स्थिति केवल और केवल तभी उत्पन्न होती है, जब इंसान का स्वयं से कोई लगाव नहीं रह जाता। वह किसी वजह से अपने आपसे घृणा करने लगता है। इसलिए अपने आपसे प्रेम करना ज़रूरी है। क्योंकि जिस दिन आप स्वयं से प्रेम करना छोड़ देंगे, उस दिन आपके जीवन का अस्तित्व ही खत्म हो जाएगा।

अत: सकारात्मक विचार रखना और स्वयं से प्रेम करना, आपके अंदर की इच्छाशक्ति को बढ़ाएगा। फिर कोई भी प्रतिकुल परिस्थिति आपकी इच्छाशक्ति को खत्म नहीं करेगी बल्कि जीने की इच्छा को और बलवान करेगी।

मनन चार्ट	
कमज़ोर इच्छाशक्ति	बढ़ाने के लिए सकारात्मक विचार
आत्महत्या के विचार	मैं स्वयं से प्रेम करता हूँ और यह घटना मुझे आगे बढ़ाने के लिए आई है

भाग
11

इच्छाशक्ति बढ़ाने के लिए
चार तरकीबों का उपयोग करें

दृढ़ इच्छाशक्ति, यह गुण कम या ज़्यादा मात्रा में हर इंसान के अंदर बचपन से ही होता है। यह गुण उसमें कम या ज़्यादा होना, उसके आस-पास की परिस्थितियों, आदतों और अभ्यास पर निर्भर होता है।

इसलिए हमें इच्छाशक्ति का अभ्यास बच्चों को बचपन से ही देना चाहिए। भले ही हमें उस समय लगे कि ये सब करके क्या होगा? मगर इंसान का मानसिक विकास बचपन में ही होता है। अगर हम बचपन से ही बच्चे को इच्छाशक्ति बढ़ाने का प्रशिक्षण देंगे तो अपने आप उसका आत्मिक बल बढ़ेगा।

कई बार इंसान को लगता है कि उसका शारीरिक बल ही सबसे महत्वपूर्ण है। मगर जीवन में कुछ भी हासिल करने के लिए इंसान को न सिर्फ शारीरिक बल की आवश्यकता होती है बल्कि आंतरिक बल भी आवश्यक होता है।

जैसे हेलन केलर, निक वुजिसिक, जेसिका कॉक्स आदि नाम सामने आते हैं, जो शारीरिक रूप से कमज़ोर थे। मगर अपनी इच्छाशक्ति के बल पर उन्होंने अपनी कमज़ोरी को ताकत बनाया। कई लोगों के लिए आज वे प्रेरणास्त्रोत बने हैं।

आइए, इस अध्याय में हम चार मुख्य तकनिकों को समझते हैं, जो हमें इच्छाशक्ति और आंतरिक बल बढ़ाने में मददगार साबित होंगे।

१) धीरे-धीरे संकल्प शक्ति बढ़ाना :

छोटे-छोटे संकल्प लेकर उन्हें पूरा करने से इच्छाशक्ति और आंतरिक बल को बढ़ाया जा सकता है। अकसर इंसान से यह गलती हो जाती है कि वह बहुत बड़े संकल्प लेकर, उन्हें पूरा नहीं कर पाता। जिससे उसकी इच्छाशक्ति और मनोबल कमज़ोर होने लगता है। जब कोई बड़ा संकल्प लेता है तब उसे पूरा करने के लिए वह बाहरी कोशिश तो भरपूर करता है। मगर आत्मिक बल कमज़ोर होने के कारण उसका आत्मविश्वास कम पड़ जाता है। जिसके परिणामस्वरूप वह संकल्प पूरा नहीं हो पाता।

एक इंसान, जो कभी व्यायाम नहीं करता, एक दिन तय करता है कि 'आज के बाद मैं रोज़ १ घंटा व्यायाम करूँगा।' अब शुरुआत में भले ही वह कुछ दिन १ घंटा व्यायाम कर लेगा मगर अंदर से उसे कहीं न कहीं लगता है कि 'यह मुझसे सालभर नहीं हो पाएगा।'

जब इंसान को अंदर से भी यह महसूस होगा कि वह संकल्प पूरे कर सकता है तब ही उसके परिणाम उसे दिखाई देने लगेंगे। जिसके लिए उसे छोटे-छोटे सकंल्प लेते हुए, उन्हें पूर्ण करने चाहिए।

जैसे अगर वही इंसान यह तय करे कि 'आज के बाद मैं रोज़ १० मिनट प्राणायाम करूँगा और धीरे-धीरे समय को बढ़ाते जाऊँगा' तब संभावना है कि उसका मन १० मिनट प्राणायाम करने के लिए तैयार हो जाएगा। क्योंकि एक घंटे के व्यायाम करने से १० मिनट प्राणायाम करना मन को आसान लगता है।

इस तरह छोटा कदम उठाकर इंसान अपने मनोबल को बढ़ा सकता है। जिससे उसके अंतर्मन को भी विश्वास होता है कि यह जो भी कहता है, वह करके ही दिखाता है।

जीवन में छोटे-छोटे संकल्प लें और उन्हें पूर्ण करें। जब आपकी इच्छाशक्ति बढ़ेगी तब समय और संकल्प बढ़ाते जाएँ। आइए, इसे कुछ उदाहरणों से समझें:

अ) यदि आप जल्दी उठना चाहते हैं तो संकल्प लें कि रोज़ के समय से आप केवल ५ मिनट जल्दी उठेंगे। फिर एक सप्ताह यह प्रयोग करके देखें। उसके अगले सप्ताह ५ मिनट और जल्दी उठें। फिर और ५ मिनट जल्दी उठने का संकल्प लें। ऐसा करते-करते एक समय आएगा, जब आप अपने निर्धारित समय पर आसानी से उठ पाएँगे।

ब) यदि आप रोज़ ४ बोतल पानी पीना चाहते हैं तो शुरुआत एक बोतल से करें। सात-आठ दिन के बाद दूसरी छोटी बोतल जोड़ें। आठ दिनों के बाद और एक बोतल

पानी पीना बढ़ाएँ। इस तरह छोटे-छोटे कदम लेकर आगे बढ़ें।

क) यदि आप खाने में नमक या चीनी कम करना चाहते हैं तो रोज़ केवल एक चुटकी कम करें। इससे आपकी ज़ुबान को धीरे-धीरे फीका और कम मीठा खाने की आदत पड़ने लगेगी और आप आसानी से अपने स्वास्थ्य पर काम कर पाएँगे।

ऐसा करना उन आदतों पर प्रहार करने जैसा है, जो आपकी इच्छाशक्ति को कमजोर कर, आपके अंतर्मन को संदेश देती हैं कि यह इंसान कुछ नहीं कर पाएगा।

२) इच्छा के विरुद्ध कार्य करना :

यह टेक्नीक हमें बताती है कि इंसान को अपनी इच्छा के थोड़ा विरुद्ध जाकर काम करना होगा। जब कोई अपने जीवन में मन के विरुद्ध जाकर काम करेगा तब ही वह अपने अंदर की इच्छाशक्ति को बढ़ाने में कामयाब होगा।

देखा जाए तो हर इंसान की यही चाहत होती है कि सब उसके मन मुताबिक हो। वह जो चाहता है, वही उसके जीवन में हो। थोड़ा भी अवरोध उसे बरदाश्त नहीं होता। ऐसे समय में इंसान का मन चाहतों का गुलाम बन जाता है और उसके अंदर की इच्छाशक्ति कम होने लगती है। इच्छाशक्ति न बढ़ने का कारण यह भी है कि इंसान मानसिक स्तर पर बहुत ही कमज़ोर होता है। कई बातें चाहकर भी वह कर नहीं पाता।

ऐसे समय में इस टेक्नीक का इस्तेमाल करें। थोड़ा रुककर, अपनी छोटी-छोटी इच्छाओं को देखें और अपनी इच्छा के विरुद्ध जाकर कार्य करें।

अ) जैसे टी.वी. का कोई कार्यक्रम जिसे आप रोज़ देखते हैं, इच्छाशक्ति बढ़ाने के लिए कभी-कभार वह न देखें। कभी टी.वी. पर मैच चल रही हो, जिसे देखना आपको बहुत पसंद है, ऐसे समय में उस मैच के आखिरी ओवर के समय टी.वी. बंद करें।

ब) आपको बहुत भूख लगी है और बाहर खाने का मन करें। जैसे- वडा पाव, पानी पूरी, भेल, पकौड़े आदि। ऐसे समय में आप किसी भी फल का स्वाद ले सकते हैं। फल खाने से आपकी भूख मिट जाएगी और आपके इच्छा के विरुद्ध भी कार्य होगा।

३) अपने आपसे छोटे-छोटे वादे करना :

इच्छाशक्ति बढ़ाने का एक और कारगर उपाय है- अपने आपको छोटे-छोटे प्रॉमिसेस करके उन्हें पूरा करना। जैसे :

- कभी अपने आपसे वादा करें कि 'आज कुछ समय के लिए सिर्फ सामनेवाले को

सुनना है, बोलना नहीं है।' इससे आपका विल पावर तो बढ़ेगा ही, साथ ही एकाग्रता भी बढ़ेगी।

- किसी दिन यदि आप कोई फिल्मी गीत सुन रहे हैं तो खुद से यह प्रॉमिस करें कि 'अब मैं पाँच मिनट तक गाने के शब्दों से ज़्यादा बैकग्राउंड म्यूजिक पर ध्यान दूँगा- कब म्यूजिक कर्कश है, कब मधुर है, कब दुःखद है, कब सुखद अनुभव कराती है? आदि। इससे आपकी सजगता बढ़ेगी।

- किसी दिन आप यह प्रण ले सकते हैं कि 'थोड़ी देर के लिए मैं अपने आस-पास केवल लाल रंग की वस्तुएँ ही देखूँगा'। फिर चारों तरफ देखें, एक रूम से दूसरे रूम में जाएँ, बाहर जाएँ। जहाँ भी आपकी नज़र जाए केवल लाल रंग की वस्तुओं ही देखें। इस तरह अलग-अलग दिनों पर कोई भी कलर लेकर एक से दो मिनट के लिए यह प्रयोग कर सकते हैं। इससे आपकी निरीक्षण शक्ति के साथ-साथ विल पॉवर भी बढ़ेगा।

उपरोक्त छोटे-छोटे प्रयोग करते वक्त यदि कोई और इच्छा बीच में आए तो फिलहाल उसे बाजू में रखें और आपने जो सोचा है, पहले उसे पूरा करें।

इससे आपके अंतर्मन को यह सिग्नल मिलेगा कि आप जो प्रॉमिस करते हैं, उसे पूरा करते ही हैं। आज तक आपने बहुत सी मिली-जुली बातें अपने अंतर्मन में डाल दी हैं। कभी आप कार्य पूरा करते हैं तो कभी नहीं करते। जिस कारण वह दुविधा में रहता है कि यह करूँ या वह करूँ? मगर अब प्रॉमिस करके इसे निभाएँ और अपना विल पावर बढ़ाएँ।

४) **एकाग्रता द्वारा इच्छाशक्ति बढ़ाना :**

एकाग्रता, इच्छाशक्ति बढ़ाने का रामबाण उपाय है। जब इंसान किसी चीज़ पर उसका लक्ष्य एकाग्र करता है तब उसका पूरा ध्यान एक ही जगह पर टिका होता है। एकत्रित ध्यान इच्छाशक्ति को बढ़ने के लिए बल देता है। देखा जाए तो इच्छाशक्ति कब बढ़ती है? जब कोई भी चीज़ हमें प्राप्त करनी हो और हमारे भाव, विचार, वाणी एवं क्रिया उसे पाने के लिए एक हो जाए तब हमारे अंदर की इच्छाशक्ति को बल मिलता है।

इसलिए इंसान को अपने मन को एकाग्र करना आना चाहिए। क्योंकि बेलगाम मन, ध्यान को कभी एकाग्र होने नहीं देता। उस इंसान की इंद्रियाँ उसे दौड़ाएगी, मन को भटकाएगी, जो इच्छाशक्ति बढ़ने में बहुत बड़ी बाधा है।

तो चलिए समझते हैं, एकाग्रता बढ़ाने के लिए क्या करना चाहिए? छोटे-छोटे प्रयोगों द्वारा आप एकाग्र हो सकते हैं। जैसे-

अ) हाथ की दोनों उँगलियों को पाँच मिनट के लिए एक-दूसरे के ऊपर रखें और जब तक समय पूरा न हो, उँगलियों को न खोलें। इन पाँच मिनटों में आपका मन आपको बार-बार आकर कहेगा कि उँगलियों को खोल दो लेकिन आपको दृढ़ रहना है।

ब) १ मिनट तक लगातार घड़ी को देखें। जैसे घड़ी का पतला काँटा अगर १२ पर है और जब तक वह पूरा घूमकर, फिर से १२ तक न पहुँचे तब तक आपको स्थिर मन से उसे देखना है। इससे आपका मन कुछ मिनटों के लिए ही सही एकाग्र रह पाएगा।

क) एकाग्रता बढ़ाने के लिए त्राटक ध्यान भी करें। त्राटक ध्यान करने से पहले कुछ पूर्व तैयारी करें। जैसे :

१. किसी खाली कमरे का चयन करें, जहाँ आप शांति से त्राटक कर सकें।

२. त्राटक में जलती हुई मोमबत्ती या दिपक का होना अनिवार्य है इसलिए पहले से ही उसे कमरे में लाकर रखें।

३. जलती हुई मोमबत्ती को एक हाथ की दूरी पर बिलकुल अपनी आँखों के सामने रखें (न ऊपर, न नीचे)।

४. १० या १५ मिनट का अलार्म अपने मोबाइल या घड़ी में सेट करें।

५. अगर मोमबत्ती के साथ करना संभव न हो तो आप अपने मोबाइल पर मोमबत्ती का विडियो भी डाऊनलोड कर सकते हैं।

६. त्राटक करते समय नींद आने की संभावना लगे तो आप पहले से ही एक गीला रुमाल अपने पास रख लें ताकि उस समय इस्तेमाल कर सकें।

त्राटक ध्यान :

१. अपनी आँखें बंद करके, ध्यान मुद्रा में सीधे बैठें।

२. लंबी साँस लेकर धीरे-धीरे छोड़ें। यह प्रक्रिया तीन बार दोहराएँ।

३. इसके बाद धीरे से अपनी आँखें खोलें और सामने जलती हुई मोमबत्ती की लौ पर अपना ध्यान केंद्रित करें।

४. ध्यान करते समय आपकी पलके न झपके, इस बात की कोशिश करें। पहले-पहले पलकें ज़्यादा झपकेंगी, फिर धीरे-धीर यह कम होते जाएगा। ध्यान रहे,

अवधि बढ़ाना लक्ष्य नहीं है, आपका प्रयास महत्वपूर्ण है।
५. फिर भी बीच-बीच में आँखें झपक रही हैं तो चिंता न करें, अपना ध्यान फिर से जलती हुई मोमबत्ती की लौ पर केंद्रित करें।
६. बीच-बीच में आँखें बंद करके मोमबत्ती की लौ को मन की आँखों से देखें।
७. अगर बीच में नींद आए तो कुछ क्षण खड़े हो जाएँ, फिर बैठकर त्राटक करें या गिले रुमाल से मुँह पोंछ लें।
८. जब अलार्म बजे तब थोड़ी देर के लिए अपनी आँखें बंद करके बैठें। फिर आँखें खोलकर ध्यान से उठें।

इस तरह छोटे-छोटे प्रयोग करके आप अपने मन को तैयार कर सकते हैं ताकि आगे चलकर अपनी इच्छाशक्ति और आंतरिक बलबूते पर आप बड़े से बड़े चमत्कार (कठिन लेकिन करने योग्य कार्य) कर पाएँ।

• • •

मनन चार्ट
पूर्ण पुस्तक द्वारा मिली समझ यहाँ लिखें :
उदा. अपने दोनों हाथ पीछे लेकर 'मैं इसमें नहीं हूँ' कहकर इंद्रियों पर नियंत्रण करने में काफी आसानी होगी।
१.
२.
३.
४.
५.
६.
७.
८.
९.

सरश्री अल्प परिचय

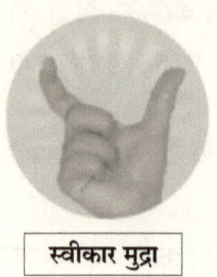

स्वीकार मुद्रा

सरश्री की आध्यात्मिक खोज का सफर उनके बचपन से प्रारंभ हो गया था। इस खोज के दौरान उन्होंने अनेक प्रकार की पुस्तकों का अध्ययन किया। अपने आध्यात्मिक अनुसंधान के दौरान उन्होंने लगभग सभी ध्यान पद्धतियों का भी अभ्यास किया। उनकी इसी खोज ने उन्हें कई वैचारिक और शैक्षणिक संस्थानों की ओर बढ़ाया। जीवन का रहस्य समझने के लिए उन्होंने **एक लंबी अवधि तक मनन करते हुए अपनी खोज जारी रखी, जिसके अंत में उन्हें आत्मबोध प्राप्त हुआ।** आत्मसाक्षात्कार के बाद उन्होंने जाना कि **अध्यात्म का हर मार्ग जिस कड़ी से जुड़ा है वह है— समझ (अंडरस्टैण्डिंग)।** उसके बाद उन्होंने अपने तत्कालीन अध्यापन कार्य को विराम लगाते हुए, लगभग दो दशकों से भी अधिक समय अपना समस्त जीवन मानवजाति के कल्याण और उसके आध्यात्मिक विकास हेतु अर्पण किया है।

सरश्री कहते हैं, 'सत्य के सभी मार्गों की शुरुआत अलग-अलग प्रकार से होती है लेकिन सभी के अंत में एक ही समझ प्राप्त होती है। '**समझ**' ही सब कुछ है और यह '**समझ**' अपने आपमें पूर्ण है। आध्यात्मिक ज्ञान प्राप्ति के लिए इस 'समझ' का श्रवण ही पर्याप्त है।' इसी समझ को उजागर करने के लिए उन्होंने आज तक **तीन हज़ार से अधिक आध्यात्मिक विषयों पर प्रवचन दिए हैं**, जिनके द्वारा वे अध्यात्म की गहरी संकल्पनाएँ सीधे और व्यावहारिक रूप में समझाते हैं। समाज के हर स्तर का इंसान सरश्री द्वारा बताई जा रही समझ का लाभ ले सकता है।

यह समझ हरेक को अपने अनुभव से प्राप्त हो इसलिए सरश्री ने '**महाआसमानी परम ज्ञान शिविर**' और उसके लिए आवश्यक कार्यप्रणाली (सिस्टम) की रचना की है, **जिसका**

लाभ लाखों खोजी ले रहे हैं। यह व्यवस्था आय.एस.ओ. (ISO 9001:2015) प्रमाणित है, जिसने अनेक लोगों को सत्य की राह पर चलने की प्रेरणा दी है। इसी समझ के प्रचार और प्रसार के लिए उन्होंने 'तेजज्ञान फाउण्डेशन' नामक आध्यात्मिक संस्था की नींव रखी है। इस संस्था का मुख्य उद्‌देश्य है- **'हॅपी थॉट्स द्वारा उच्चतम विकसित समाज का निर्माण'**।

विश्व का हर इंसान आज सरश्री के मार्गदर्शन का लाभ ले सकता है, जिसके लिए किसी भी धर्म, जाति, उपजाति, वर्ण, पंथ, रंग या लिंग का बंधन नहीं है। विश्व के हर कोने में बसे लोग आज तेजज्ञान की इस अनूठी ज्ञान प्रणाली (System for Wisdom) का लाभ ले रहे हैं। इस व्यवस्था के एक हिस्से के रूप में **लाखों लोग रोज़ सुबह और रात को ९ बजकर ९ मिनट पर विश्व शांति के लिए प्रार्थना करते हैं।**

सरश्री को **बेस्टसेलर पुस्तक 'विचार नियम' श्रृंखला के रचनाकार** के रूप में भी जाना जाता है, जिसकी **१ करोड़ से ज़्यादा प्रतियाँ केवल ५ सालों** में वितरित हो चुकी हैं। इसके अलावा उन्होंने विविध विषयों पर **१०० से अधिक पुस्तकों का लेखन** किया है, जिनमें से 'विचार नियम', 'स्वसंवाद का जादू', 'स्वयं का सामना', 'स्वीकार का जादू', 'निःशब्द संवाद का जादू', 'संपूर्ण ध्यान' आदि पुस्तकें बेस्टसेलर बन चुकी हैं। ये पुस्तकें दस से अधिक भाषाओं में अनुवादित की जा चुकी हैं और प्रमुख प्रकाशकों द्वारा प्रकाशित की गई हैं, जैसे पेंगुइन बुक्स, जैको बुक्स, मंजुल पब्लिशिंग हाऊस, प्रभात प्रकाशन, राजपाल ऍण्ड सन्स, पेंटागॉन प्रेस, सकाळ प्रकाशन इत्यादि।

तेजज्ञान फाउण्डेशन– परिचय

तेजज्ञान फाउण्डेशन आत्मविकास से आत्मसाक्षात्कार प्राप्त करने का एक रास्ता है। इसके लिए सरश्री द्वारा एक अनूठी बोध पद्धति (System for Wisdom) का सृजन हुआ है। इस पद्धति को अन्तर्राष्ट्रीय मानक ISO 9001:2015 के आवश्यकताओं एवं निर्देशों के अनुरूप ढालकर सरल, व्यावहारिक एवं प्रभावी बनाया गया है।

इस संस्था की बोध पद्धति के विभिन्न पहलुओं (शिक्षण, निरीक्षण व गुणवत्ता) को स्वतंत्र गुणवत्ता परीक्षकों (Quality Auditors) द्वारा क्रमबद्ध तरीके से जाँचा गया। जिसके बाद इन पहलुओं को ISO 9001:2015 के अनुरूप पाकर, इस बोध पद्धति को प्रमाणित किया गया है।

फाउण्डेशन का लक्ष्य आपको नकारात्मक विचार से सकारात्मक विचार की ओर बढ़ाना है। सकारात्मक विचार से शुभ विचार यानी हॅपी थॉट्स (विधायक आनंदपूर्ण विचार) और शुभ विचार से निर्विचार की ओर बढ़ा जा सकता है। निर्विचार से ही आत्मसाक्षात्कार संभव है। शुभ विचार (Happy Thoughts) यानी यह विचार कि 'मैं हर विचार से मुक्त हो जाऊँ'। शुभ इच्छा यानी यह इच्छा कि 'मैं हर इच्छा से मुक्त हो जाऊँ'।

ज्ञान का अर्थ है सामान्य ज्ञान लेकिन तेजज्ञान यानी वह ज्ञान जो ज्ञान व अज्ञान के परे है। कई लोग सामान्य ज्ञान की जानकारी को ही ज्ञान समझ लेते हैं लेकिन असली ज्ञान और जानकारी में बहुत अंतर है। आज लोग सामान्य ज्ञान के जवाबों को ज़्यादा महत्त्व देते हैं। उदाहरण के तौर पर कर्म और भाग्य, योग और प्राणायाम, स्वर्ग और नर्क इत्यादि। आज के युग में सामान्य ज्ञान प्रदान करनेवाले लोग और शिक्षक कई मिल जाएँगे मगर इस ज्ञान को पाकर जीवन में कोई बड़ा परिवर्तन नहीं होता। यह ज्ञान या तो केवल बुद्धि विलास है या फिर अध्यात्म के नाम पर बुद्धि का व्यायाम है।

सभी समस्याओं का समाधान है– तेजज्ञान। भय से मुक्ति, चिंतारहित व क्रोध से आज़ाद जीवन है– तेजज्ञान। शारीरिक, मानसिक, सामाजिक, आर्थिक और

आध्यात्मिक उन्नति के लिए है- तेजज्ञान। तेजज्ञान आपके अंदर है, आएँ और इसे पाएँ।

यदि आप ऐसा ज्ञान चाहते हैं, जो सामान्य ज्ञान के परे हो, जो हर समस्या का समाधान हो, जो सभी मान्यताओं से आपको मुक्त करे, जो आपको ईश्वर का साक्षात्कार कराए, जो आपको सत्य पर स्थापित करे तो समय आ गया है तेजज्ञान को जानने और शब्दोंवाले सामान्य ज्ञान से उठकर तेजज्ञान का अनुभव करने का।

अब तक अध्यात्म के अनेक मार्ग बताए गए हैं। जैसे जप, तप, मंत्र, तंत्र, कर्म, भाग्य, ध्यान, ज्ञान, योग और भक्ति आदि। इन मार्गों के अंत में जो समझ, जो बोध प्राप्त होता है, वह एक ही है। सत्य के हर खोजी को अंत में एक ही समझ मिलती है और इस समझ को सुनकर भी प्राप्त किया जा सकता है। उसी समझ को सुनना यानी तेजज्ञान प्राप्त करना है। तेजज्ञान के श्रवण से सत्य का साक्षात्कार होता है, ईश्वर का अनुभव होता है। यही तेजज्ञान सरश्री महाआसमानी परम ज्ञान शिविर में प्रदान करते हैं।

महाआसमानी परम ज्ञान
शिविर परिचय और लाभ (निवासी)

क्या आपको उच्चतम आनंद पाने की इच्छा है? ऐसा आनंद, जो किसी कारण पर निर्भर नहीं है, जिसमें समय के साथ केवल बढ़ोतरी ही होती है। क्या आप इसी जीवन में प्रेम, विश्वास, शांति, समृद्धि और परमसंतुष्टि पाना चाहते हैं? क्या आप शारीरिक, मानसिक, सामाजिक, आर्थिक और आध्यात्मिक इन सभी स्तरों पर सफलता हासिल करना चाहते हैं? क्या आप 'मैं कौन हूँ' इस सवाल का जवाब अनुभव से जानना चाहते हैं।

यदि आपके अंदर इन सवालों के जवाब जानने की और 'अंतिम सत्य' प्राप्त करने की प्यास जगी है तो तेजज्ञान फाउण्डेशन द्वारा आयोजित 'महाआसमानी परम ज्ञान शिविर' में आपका स्वागत है। यह शिविर पूर्णतः सरश्री की शिक्षाओं पर आधारित है। सरश्री आज के युग के आध्यात्मिक गुरु और 'तेजज्ञान फाउण्डेशन' के संस्थापक हैं, जो अत्यंत सरलता से आज की लोकभाषा में आध्यात्मिक समझ प्रदान करते हैं।

महाआसमानी परम ज्ञान शिविर का उद्देश्य :

इस शिविर का उद्देश्य है, 'विश्व का हर इंसान 'मैं कौन हूँ' इस सवाल का

जवाब जानकर सर्वोच्च आनंद में स्थापित हो जाए।' उसे ऐसा ज्ञान मिले, जिससे वह हर पल वर्तमान में जीने की कला प्राप्त करे। भूतकाल का बोझ और भविष्य की चिंता इन दोनों से वह मुक्त हो जाए। हर इंसान के जीवन में स्थायी खुशी, सही समझ और समस्याओं को विलीन करने की कला आ जाए। मनुष्य जीवन का उद्देश्य पूर्ण हो।

'मैं कौन हूँ? मैं यहाँ क्यों हूँ? मोक्ष का अर्थ क्या है? क्या इसी जन्म में मोक्ष प्राप्ति संभव है?' यदि ये सवाल आपके अंदर हैं तो महाआसमानी परम ज्ञान शिविर इसका जवाब है।

महाआसमानी परम ज्ञान शिविर के मुख्य लाभ :

इस शिविर के लाभ तो अनगिनत हैं मगर कुछ मुख्य लाभ इस प्रकार हैं-

* जीवन में दमदार लक्ष्य प्राप्त होता है।
* 'मैं कौन हूँ' यह अनुभव से जानना (सेल्फ रियलाइजेशन) होता है।
* मन के सभी विकार विलीन होते हैं।
* भय, चिंता, क्रोध, बोरडम, मोह, तनाव जैसी कई नकारात्मक बातों से मुक्ति मिलती है।
* प्रेम, आनंद, मौन, समृद्धि, संतुष्टि, विश्वास जैसे कई दिव्य गुणों से युक्ति होती है।
* सीधा, सरल और शक्तिशाली जीवन प्राप्त होता है।
* हर समस्या का समाधान प्राप्त करने की कला मिलती है।
* 'हर पल वर्तमान में जीना' यह आपका स्वभाव बन जाता है।
* आपके अंदर छिपी सभी संभावनाएँ खुल जाती हैं।
* इसी जीवन में मोक्ष (मुक्ति) प्राप्त होता है।

महाआसमानी परम ज्ञान शिविर में भाग कैसे लें?

इस शिविर में भाग लेने के लिए आपको कुछ खास माँगें पूरी करनी होती हैं। जैसे-

१) आपकी उम्र कम से कम अठारह साल या उससे ऊपर होनी चाहिए।

२) आपको सत्य स्थापना शिविर (फाउण्डेशन ट्रुथ रिट्रीट) में भाग लेना होगा, जहाँ आप सीखेंगे- वर्तमान के हर पल को कैसे जीया जाए और निर्विचार दशा में कैसे प्रवेश पाएँ।

३) आपको कुछ प्राथमिक प्रवचनों में उपस्थित होना है, जहाँ आप बुनियादी समझ आत्मसात कर, महाआसमानी परम ज्ञान शिविर के लिए तैयार होते हैं।

यह शिविर एक या दो महीने के अंतराल में आयोजित किया जाता है, जिसका लाभ हज़ारों खोजी उठाते हैं। इस शिविर की तैयारी आप दो तरीके से कर सकते हैं। पहला तरीका- मनन आश्रम (पूना) में पाँच दिवसीय निवासी शिविर में भाग लेकर, दूसरा तरीका- तेजज्ञान फाउण्डेशन के नजदीकी सेंटर पर सत्य श्रवण द्वारा। जैसे- पुणे, मुंबई, दिल्ली, सांगली, सातारा, जलगाँव, अहमदाबाद, कोल्हापुर, नासिक, अहमदनगर, औरंगाबाद, सूरत, बरोडा, नागपुर, भोपाल, रायपुर, चेन्नई, वर्धा, अमरावती, चंद्रपुर, यवतमाल, रत्नागिरी, लातूर, बीड, नांदेड, परभणी, पनवेल, ठाणे, सोलापुर, पंढरपुर, अकोला, बुलढाणा, धुले, भुसावल, बैंगलोर, बेलगाम, धारवाड, भुवनेश्वर, कोलकत्ता, राँची, लखनऊ, कानपुर, चंदीगढ़, जयपुर, पणजी, म्हापसा, इंदौर, इटारसी, हरदा, विदिशा, बुरहानपुर।

इनके अतिरिक्त आप महाआसमानी की तैयारी फाउण्डेशन में उपलब्ध सरश्री द्वारा रचित पुस्तकें, या यू ट्यूब के संदेश सुनकर भी कर सकते हैं। मगर याद रहे ये पुस्तकें, यू ट्यूब के प्रवचन शिविर का परिचय मात्र है, तेजज्ञान नहीं। आप महाआसमानी परम ज्ञान शिविर में भाग लेकर ही तेजज्ञान का आनंद ले सकते हैं। आगामी महाआसमानी परम ज्ञान शिविर में अपना स्थान आरक्षित करने के लिए संपर्क करें : 09921008060/75, 9011013208

महाआसमानी परम ज्ञान शिविर स्थान :

यह शिविर पुणे में स्थित मनन आश्रम पर आयोजित किया जाता है। इस शिविर के लिए भोजन और रहने की व्यवस्था की जाती है। यदि आपको कोई शारीरिक बीमारी है और आप नियमित रूप से दवाई ले रहे हैं तो कृपया अपनी दवाइयाँ साथ में लेकर आएँ। वातावरण अनुसार गरम कपड़े, स्वेटर, ब्लैंकेट आदि भी लाएँ।

'मनन आश्रम' पुणे शहर के बाहरी क्षेत्र में पहाड़ों और निसर्ग के असीम सौंदर्य के बीच बसा हुआ है। इस आश्रम में पुरुषों और महिलाओं के लिए अलग-अलग, कुल मिलाकर 700 से 800 लोगों के रहने की व्यवस्था है। यह आश्रम पुणे शहर से 17 किलो मीटर की दूरी पर है। हवाई अड्डा, हाइवे और रेल्वे से पुणे आसानी से आ-जा सकते हैं।

मनन आश्रम : मनन आश्रम, पुणे, सर्वे नं. ४३, सनस नगर, नांदोशी गाँव, किरकट वाडी फाटा, तहसील – हवेली, जिला : पुणे – ४११०२४. फोन : 09921008060

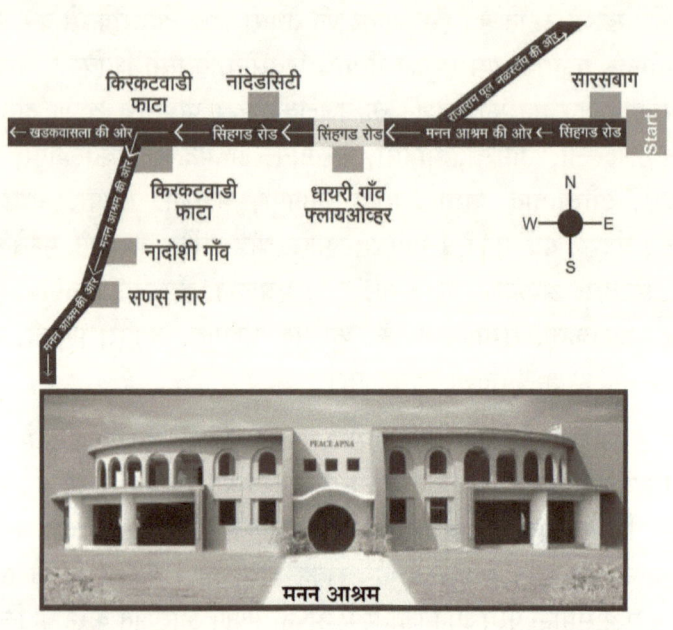

अब एक क्लिक पर ही शिविर का रजिस्ट्रेशन !

तेजज्ञान फाउण्डेशन की इन शिविरों के लिए
अब आप ऑनलाईन रजिस्ट्रेशन भी कर सकते हैं–

* महाआसमानी परम ज्ञान शिविर परिचय और लाभ (पाँच दिवसीय निवासी शिविर)
* मैजिक ऑफ अवेकनिंग (केवल अंग्रेजी भाषा जाननेवालों के लिए तीन दिवसीय निवासी शिविर)
* मिनी महाआसमानी (निवासी) शिविर, युवाओं के लिए

रजिस्ट्रेशन के लिए आज ही लॉग इन करें

www.tejgyan.org

सरश्री द्वारा रचित अन्य श्रेष्ठ पुस्तकें

विश्वास नियम
सर्वोच्च शक्ति के सात नियम

Also available in Marathi

पृष्ठसंख्या : 168 | मूल्य : ₹ 140

आपका मोबाइल तो अप टू डेट है परंतु क्या आपका विश्वास अप टू डेट है? क्या आपका आज का विश्वास आपको अंतिम सफलता की राह पर बढ़ा रहा है? यदि उपरोक्त सवालों के जवाब 'नहीं' हैं तो आपको विश्वास नियम की आवश्यकता है। विश्वास नियम आपके विश्वास को बढ़ाकर उसे अप टू डेट करता है।

'विश्वास' ईश्वर द्वारा दी हुई वह देन है– जो हमारे स्वास्थ्य, रिश्ते, मनशांति, आर्थिक समृद्धि एवं आध्यात्मिक उन्नति में चार चाँद लगाता है। आइए, इस शक्ति का चमत्कार अपने जीवन में देखें और 'सब संभव है' इस पंक्ति का प्रत्यक्ष अनुभव लें।

इस पुस्तक में दिए गए सात विश्वास नियम ऊर्जा का असीम भंडार हैं। ये आपके जीवन की नकारात्मकता हटाकर, आपको सकारात्मक ऊर्जा से लबालब भर देंगे। जीवन के हर स्तर पर आपकी मदद करेंगे। इसलिए यह पुस्तक इस विश्वास के साथ पढ़ें कि 'अब सब संभव है' और जानें...

✻ विश्वास की शक्ति से जो चाहें वह कैसे पाएँ ✻ विश्वास को वाणी में लाकर जीवन को कैसे बदलें ✻ विश्वासघात पर मात पाकर विश्व के लिए नया उदाहरण कैसे बनें ✻ अपने भीतर छिपे हर अविश्वास को विश्वास में रूपांतरित करके विकास की ओर कैसे बढ़ें ✻ हर समस्या का समाधान कैसे खोजें ✻ विश्वास द्वारा संपूर्ण सफलता कैसे पाएँ

– तेजज्ञान इंटरनेट रेडियो –

२४ घंटे और ३६५ दिन सरश्री के प्रवचन और
भजनों का लाभ लें,
तेजज्ञान इंटरनेट रेडियो द्वारा। देखें लिंक
http://www.tejgyan.org/internetradio.aspx

हर रविवार सुबह १०.०५ से १०.१५ तक रेडियो
विविध भारती, एफ. एम. पुणे पर 'हॅपी थॉट्स कार्यक्रम'

www.youtube.com/tejgyan
पर भी सरश्री के प्रवचनों का लाभ ले सकते हैं।
For online shoping visit us - www.tejgyan.org,
www.gethappythoughts.org

पुस्तकें प्राप्त करने के लिए नीचे दिए गए पते पर मनीऑर्डर द्वारा पुस्तक का मूल्य भेज सकते हैं। पुस्तकें रजिस्टर्ड, कुरियर अथवा वी.पी.पी. द्वारा भेजी जाती हैं।
पुस्तकों के लिए नीचे दिए गए पते पर संपर्क करें।

* WOW Publishings Pvt. Ltd. रजिस्टर्ड ऑफिस-E-4, वैभव नगर, तपोवन मंदिर के नज़दीक, पिंपरी, पुणे- 411017
* पोस्ट बॉक्स नं. 36, पिंपरी कॉलोनी पोस्ट ऑफिस, पिंपरी, पुणे - 411017
फोन नं.: 09011013210 / 9623457873

आप ऑन-लाइन शॉपिंग द्वारा भी पुस्तकों का ऑर्डर दे सकते हैं।
लॉग इन करें - www.gethappythoughts.org
500 रुपयों से अधिक पुस्तकें मँगवाने पर 10% की छूट और फ्री शिपिंग।

e-mail
mail@tejgyan.com

website
www.tejgyan.org, www.gethappythoughts.org

- विश्व शांति प्रार्थना -

'पृथ्वी पर सफेद रोशनी (दिव्य शक्ति) आ रही है।
पृथ्वी से सुनहरी रोशनी (चेतना) उभर रही है।
विश्व से सारी नकारात्मकता दूर हो रही है।
सभी प्रेम, आनंद और शांति के लिए
खुल रहे हैं, खिल रहे हैं।'
विश्व के सभी लीडर्स आउट ऑफ बॉक्स सोच रहे हैं...
विश्व के सभी लीडर्स शांतिदूत बन रहे हैं
विश्व के सभी लीडर्स की इच्छा ईश्वर की इच्छा बन रही है! धन्यवाद

यह 'सामूहिक अव्यक्तिगत प्रार्थना' तेजज्ञान फाउण्डेशन के सदस्य पिछले कई सालों से निरंतरता से कर रहे हैं। खुश लोग यह प्रार्थना कर सकते हैं और बीमार, दुःखी लोग उस वक्त एक जगह बैठकर इस प्रार्थना को ग्रहण कर स्वास्थ्य लाभ पा सकते हैं।

यदि इस वक्त आप परेशान या बीमार हैं तो रोज़ सुबह या रात 9:09 को केवल ग्रहणशील होकर इस भाव से बैठें कि 'स्वास्थ्य और शांति की सफेद रोशनी जो इस वक्त प्रार्थना में बैठे कई लोगों द्वारा नीचे पृथ्वी पर उतर रही है, वह मुझमें भी अपना कार्य कर रही है। मैं स्वस्थ और शांत हो रहा हूँ।' कुछ देर इस भाव में रहकर आप सबको धन्यवाद देकर उठें।

तेजज्ञान फाउण्डेशन – मुख्य शाखाएँ

पुणे (रजिस्टर्ड ऑफिस)
विक्रांत कॉम्प्लेक्स, तपोवन मंदिर के नज़दीक,
पिंपरी, पुणे-४११ ०१७. फोन : 020-27411240, 27412576

मनन आश्रम
सर्वे नं. ४३, सनस नगर, नांदोशी गाँव, किरकटवाडी फाटा,
तहसील- हवेली, जिला- पुणे - ४११ ०२४.
फोन : 09921008060

e-books

- The Source •Complete Meditation
- Ultimate Purpose of Success •Enlightenment
- Inner Magic •Celebrating Relationships
- Essence of Devotion •Master of Siddhartha
- Self Encounter, and many more.

Also available in Hindi at www.gethappythoughts.org

e-magazines

'Yogya Aarogya' & 'Drushtilakshya'
emagazines available on www.magzter.com

यह पुस्तक पढ़ने के बाद आप अपना अभिप्राय (विचार सेवा) इस पते पर भेज सकते हैं...
Tejgyan Global Foundation, Pimpri Colony Post office, P.O. Box 25,
Pune - 411 017. Maharashtra (India).

www.ingramcontent.com/pod-product-compliance
Lightning Source LLC
LaVergne TN
LVHW041549070526
838199LV00046B/1887
* 9 7 8 9 3 8 7 6 9 6 8 0 8 *